文春文庫

カウント・プラン

黒川博行

文藝春秋

目次

カウント・プラン

カウント・プラン

1

二月三日、夜――。

風呂からあがってパジャマに着替え、ダイニングチェアに腰を下ろした。ランチョンマットをテーブルの右と左に一枚ずつ敷き、ダイニングボードの抽斗《ひきだし》からポリ袋入りの炒《い》り大豆を出す。ラベルに赤と緑の鬼の絵が印刷してあるのは節分の豆まき用だ。

ペティナイフでポリ袋の端を斜めに小さくカットし、豆を一度に二十粒出して、左側のランチョンマットの上に広げていく。二十粒の豆のかたまりが横に八列、縦に六列並んだところで、マットの上はいっぱいになった。四十八かける二十で、豆の数は九百六十個。

同じように、残りの豆を右側のランチョンマットに広げて数えると、三百二十七個だった。合計して千二百八十七個の大豆が、内容量三百グラムのポリ袋に入っていたことになる。

デスクダイアリーに《柏原食品・豆・三百グラム・千二百八十七個》と記録した。昨年も一昨年も、その前年も、ダイアリーの二月三日の項には豆の数が書いてある。毎年、製造元や内容量が異なっているから比較にはならない。

豆を年齢の数だけ——三十四個テーブル上に移して、残りをラーメン鉢に入れた。鉢を持って六畳の和室へ行き、窓を開く。数十粒の豆をつかみとり、「鬼は外」と、隣のアパートのブロック塀に向かって投げる。振り返って、「福は内」と、豆をまく。豆は炬燵《こたつ》の天板にあたって部屋中に散った。

「鬼は外」「福は内」……。四畳半の寝室、風呂、トイレ、玄関、ベランダ。——六つの窓と二つの出入口に豆をまき終えて台所にもどった。冷蔵庫から缶ビールを出す。三十四個の豆をグラスに入れてビールを注ぐと、豆は泡に包まれて浮かび上がった。それを一粒ずつ舌先で舐《な》めとり、嚙みくだいてからビールで胃に流し込む。豆やナッツ類は好きじゃない。大豆もピーナッツもアーモンドも、小さくて数が多いから、数えるのに骨が折れる。

ビールを飲みほし、コンビニの弁当を電子レンジに入れた。温める時間は二分三十秒。灰皿と煙草、ライターを傍らに置いて、文庫本を開く。いま読んでいるのは『シンプル・プラン』というミステリーだ。本はいくら厚くてもページ番号がついているからいい。

弁当を取り出して箸をつけたら、またビールが欲しくなった。今週はもう二十九本も飲んでいる。月曜に買った日本酒も、一合しか残っていない。

アルコール依存症？

ちがう。酒は酔うために飲んでいるわけじゃない。自発性の低下や作業能力の欠如もなければ、胃潰瘍《いかいよう》や肝炎といった身体症状もない。アルコール依存症に陥りやすい人間は意志が弱く、周囲の環境に支配されやすいのだ。

ビタミンCの錠剤を三錠口にふくみ、水で服《の》んだ。あと百二十八錠あるから、一ヵ月以上はもつ。薬は嫌いだが、野菜や果物はもっと嫌いだ。

福島浩一は缶ビールをまた一本飲み、冷酒をグラスに注いで、ちびちびやりだした。『シンプル・プラン』は二百七十二ページを読んでいる。それにしても、この主人公の思考と行動は、どうしてこんなに杜撰《ずさん》なのだろう。これがもしおれなら、練りに練った精緻なプランで金をものにしてみせる……。

2

二月十日、南大阪は昼すぎから雨が降りはじめて、やむ気配がない。行き交う車の半数近くがスモールライトを点《つ》けていた。

樋本は客用駐車場にカローラを駐《と》め、大村といっしょに国道側の正面入口から店内に入った。専門店の並ぶテナントゾーンをぶらぶらと歩き、エスカレーターに乗って四階へ。店長から指示されていたとおり、スポーツ用品売場からバックヤードに入ると、タイムレコーダーの前に臙脂色《えんじいろ》の制服を着た小柄な男が立っていた。

「お待ちしておりました。的場と申します」

男はふたりをみとめて深く頭を下げた。薄いブルーのシャツに紺のニットタイ、襟なしの上着の胸に《セカンド・マネージャー　的場》と、名札をつけている。

「富南署《とうなん》の樋本といいます」

「大村です」

「どうぞ、こちらです」

的場は先に立って廊下を歩いた。白いペイント塗りの壁、床の塩ビタイルに、カートのタイヤ痕《あと》だろう、二本の黒い線がついている。電話交換室、会議室をすぎて、突きあたりに店長室。的場がノックすると、すぐにドアが開いて、瘦《や》せた縁なし眼鏡の男が顔をのぞかせた。的場と同じ臙脂の上着を着ている。

「お連れしました」

「どうも、ご苦労さまです」

「捜査一係の樋本です。こちらは大村」

「清水と申します。お忙しいところ、もうしわけございません。どうぞ、お入りください」

店長の清水も的場と似たような喋《しゃべ》り方をする。物腰は柔らかいが、感情にとぼしい。サービス業特有のマニュアル的な慇懃《いんぎん》さだ。

「失礼します」樋本と大村は中に入った。的場も入ってドアを閉める。

店長室はせいぜい五、六坪の狭い部屋だった。左にブラインドの下がった小さな窓、右にデスクとファイリングキャビネット、手前にモケット張りの応接セット、壁は安っぽいアイボリーのビニールクロスで仕上げている。

樋本と大村はソファに腰を下ろし、ガラステーブルをはさんで清水と的場が座った。あらためて名刺を交換する。

「――ほう、これは心強い。主任さんにお越しいただいたんですね」清水がいった。

「十年も同じ部署におるんですわ」樋本は笑った。

「お飲み物はコーヒーでよろしいでしょうか」

「ええ、お願いします」大村が答えた。

清水は立ってデスクの電話をとり、ブレンドを四つ注文した。テナントの喫茶店から出前してくるらしい。

「早速ですが、手紙を見せていただけますか」樋本は切り出した。

「はい……」清水はファイリングキャビネットから透明のカードケースを出してきて、テーブルに置く。ケースには定型の茶封筒がはさんであった。

《富南市春日坂3―8―1　エイコー富南店　店長殿》

「指紋が付くといけないと思って、こうしたんですが……」

「けっこうですね」

樋本はアクリルのカードケースを手にとった。封筒の宛名は黒のボールペンを使っている。折れ釘を組み合わせたような文字は、定規をあてて一本一本の線を引いたらしい。

裏に差出人の住所、名前はなかった。

「この封筒を触った可能性があるのは？」

樋本はジャケットのポケットから白の布手袋を出した。

「総務の女性社員が二人。……それと、私」

清水は視線を宙に泳がせた。「的場も封筒に触れてます」

「中の手紙は」

「私が触っただけです」

「あとで四人の指紋をいただけますか」

「はい、承知しました」

樋本は手袋を両手につけ、カードケースから封筒を抜いた。切手は〝ヤマセミ〟の八十円。消印は〝大阪中央　二月七日　十八時から二十四時〟となっている。

「こいつはひょっとして、マジかもしれませんな。字は筆跡をとられんようにしてるし、中央郵便局というのもそれらしい。ただの嫌がらせなら、富南近辺のポストに投函《とうかん》するのが普通でしょ」

茶封筒から一枚の紙片を抜き出した。便箋《びんせん》と思ったのは、A4判、コクヨの原稿用紙で、一行めから――、

一昨年、貴社が大阪南港国際見本市会場で開催したワールドインポートフェアにおいて、私はエトルリアの黒絵の壺《つぼ》を買った。にもかかわらずこの壺には傷がついており、度重なる抗議にも貴社は耳を傾けず、私は貴社に懲罰を科すことに決めた。2月14日

バレンタインデーに富南店において毒物が発見されるであろう。私はまた連絡をする。
その時点で貴社がいかなる対応をするか楽しみにしている。ではまたそのときに。

——と、枡目《ますめ》のぴったり右半分に、角張った活字のような文字が並んでいた。こちらは封筒の宛名とちがって、定規は使っていないようだ。

「この、ワールドインポートフェアというのは、いつ開催したんです」

「一昨年の八月一日から九月十日でした。本社の商品三部が企画して、一年がかりで買いつけた世界中の雑貨を販売したんです」

「エトルリアの壺というのは」

「担当バイヤーに問い合わせました。ギリシャ製で、エトルリア美術の黒絵の壺を模した、かなり精巧なレプリカだということです。輸入したのは三十個で、大きさによって、二万九千円から四万三千円で販売したそうです」

「その壺にキズがあるとかいうて、クレームをつけられたことは」

「いえ、そんな事実はございません。壺は三十個のうち、八個売れただけです」

「買うた客をつきとめることは」

「現金でお買い上げの場合は不可能です」

「ほな、カードで買うたら」

「それも本社に訊《き》いたんですが、二年前だと、伝票の控えが残っていないそうなんです。ポスシステムを導入してからは、販売後一年を経過すると、伝票類を廃棄するようになりました」

「なるほど、そういうことですか」

脅迫者がほんとうに壺を買ったとは思えない。見本市会場で黒絵の壺を見かけたことを思い出し、脅しのタネとして話をつくったのだろう。

「――しかし、もってまわった文章ですね」

大村がいった。「私は貴社に懲罰を科すことに決めた、貴社がいかなる対応をするか楽しみにしている。……若いやつの作文ではないでしょ」

「少なくとも、無教養ではない。漢字が多いし、誤字もない」

「今後、我々はどうすればいいんでしょうか」清水が訊いた。

「とりあえず、バレンタインデーは要注意ですね。不測の事態に備えんといかん」

「具体的には」

「チョコレートと菓子売場に店員さんをつけてもらえますか。念のため、果物とか酒の売場にも」

「分かりました。地階に五人ほどまわします」

「全従業員と警備会社に、この脅迫状の件を知らせてください。バレンタインデーにかぎらず、不審な客、不審な物、パッケージの破れてる商品、売場に置いてないはずの商品、そういうのをチェックするんです。二月十四日前後は私服の署員が売場に詰めるように手配します」

「ですが、全員にこれを知らせたら、騒ぎが大きくなりはしませんか」

清水は表情をくもらせた。

「それは店長の権限でコントロールしてください。私らも、買い物客にこのことを公表してくれとまではいいません」

いっそ十四日は食料品売場を閉鎖すればいいのだ。しかし、それをいえば営業妨害になる。たった一枚の脅迫状のために、一日あたり何千万円の売上げを警察が補償することはできない。

――と、そこへノックがあって、コーヒーが運ばれてきた。制服の女性がテーブルにステンレスのトレイを置く。被《かぶ》せてあった布巾をとって、部屋を出ていった。

「ま、どうぞ」清水がポットのコーヒーを注《つ》ぎ分ける。

「煙草、いいですか」樋本は訊いた。

「あ、ごめんなさい。気がつきませんで」

的場が立って、デスクの上から灰皿を持ってきた。樋本はハイライトを吸いつけ、コーヒーをひとすすりした。去年の秋の検診で血糖値が高いといわれ、それ以来、砂糖入りのコーヒーを飲んだことがない。馴《な》れれば、ブラックの方が旨《うま》いとも思う。大村はミルクをたっぷり落とし、三杯も砂糖を入れた。

「樋本さん、教えてください」

清水が顔を上げた。「やはり、この脅迫は本気なんですか」

「率直にいうて、うさ晴らしや嫌がらせとは思えませんね。私らは最悪の事態を想定して動かないかんのです。読みが外れて、ただの悪戯《いたずら》やったとしても、それはそれでけっこうやないですか」

「しかし、質《たち》がわるい。悪戯にしても度がすぎてます」

「うん……」度がすぎているからこそ、こうして事情を聞いているのだ。

「最近、富南店で客とのトラブルはなかったですか」

大村が訊いた。「なにか恨みをもたれるような出来事は」

「トラブルというほどのことは思いあたりません。クレームは毎日のようにありますが」清水は即答した。

「クレームいうのは？」

「買った服の袖がほころびていた、洗ったら色が出た、電気製品が故障した、肉が黒ずんでいる、キャベツの中に虫がいた、……あらゆるクレームが寄せられます」

「いちいち対処するんですか」

「必ず対処します。店の姿勢が問われますから」

「その、クレームマニアとかいうような連中は」

「いますね、何人か」

「リストは」

「ございます」

「もらえますか」

「コピーします」

清水は指で眼鏡を押し上げた。「――いったい、なにが犯人の狙いなんですか」

「常套的《じょうとうてき》には、金でしょうね。二通めの脅迫状では、金を要求してくるはずです」

「もし、そうなったら……」

「企業恐喝事件として、本格的な捜査に入ります。大阪府警の総力をあげて犯人を逮捕します」

「事件がマスコミにとりあげられはしませんか」

「それはなんともいえません。今後、事態がどう進展するか。……むろん、それなりの配慮はしますけど」

「そうですか。……よろしくお願いします」

清水は膝をそろえ、頭を下げた。的場もあわてて低頭する。

「そやし、動きが外に洩《も》れんよう、関係者にはきっちり釘を刺してください」

「分かりました。周知徹底します」

「ほな、今日のところはこれで」

樋本はコーヒーを飲みほして立ち上がった。

3

二月十三日、月曜――。

午前六時に起きて、新聞を読みながら、クラッカー五枚とカマンベールチーズ、ベーコンエッグ、ミルクティー二杯の朝食をとった。

パジャマを脱ぎ、下着を二枚重ねてから、ネルシャツ、セーター、作業着を着る。毛糸の帽子を被り、ダウンジャケットをはおって、六時三十二分に部屋を出た。足音が響かないようにそっと鉄骨階段を降り、住宅街を歩いて、バス通りに出る。《桃山台三丁目》は始発の停留所だから、バスは時刻表どおりに出発する。

バス停の屋根の下にはコート姿の男が三人、女が一人、立っていた。いつもと同じ顔ぶれだ。俯《うつむ》いて歩道の端に立ち、彼らの視線を避ける。もし眼があって話しかけられたりしたら、一日が不愉快な気分になる。他人と馴れあうのは我慢できない。

六時四十分、バスに乗った。各停留所で二人、三人と客が増え、終点の近鉄藤井寺駅前では十七人がバスから降りた。四十二段の階段を上がり、自動改札を抜ける。

六時五十八分、阿部野橋行きの始発準急に乗った。五両編成の最後尾の車両がいちばん空《す》いている。シートに腰を下ろして乗客を数えると、二十八人いた。制服の高校生二人が扉のそばに立ち、あとの二十六人は座っている。

福島はバッグから文庫本を出した。『シンプル・プラン』は八日に読み終えて、いまは『ストーン・シティー』の下巻を読んでいる。

アメリカの刑務所はなぜこんなにも規律が緩いのだろう。おれがこんなところに収容されたら気が狂ってしまう。そう、みんな独房に入ればいい。カーテンもタイルも壁紙もカレンダーも、夾雑物《きょうざつぶつ》はなにひとつない独房だ。音や匂いに感覚を歪《ゆが》められてはいけない。人は視覚で考え、視覚で食い、視覚で欲情するのだから。

七時十五分、終点の阿部野橋駅に着いた。下を向いて足許だけを見ながらJR天王寺駅まで歩き、環状線に乗り換える。一台の車両に吊り革が百五十二本、中吊り広告が二十八枚。新今宮から芦原橋、大正駅へいたる沿線の情景は瞼《まぶた》に焼きついている。

七時三十三分、大正駅の改札を出た。バス通りを南へ歩く。カラスが三羽、銭湯の煙突のまわりを舞っている。

七時四十分、工場に到着した。《電気亜鉛鍍金　安井工作所》——看板のペイントが剝《は》げ落ちて白黒のまだらになっている。福島はシャッターの通用口に鍵を差して中に入り、昇降スイッチを押した。シャッターは軋《きし》んで三メートルの天井まで上がり、外の光が工場の奥に射し込む。

経営者の安井はまだ来ていない。毎日、九時すぎに酒屋の角をまがって、さも疲れたふうに工場へ歩いてくる。福島の姿をみとめると、「おう」とひとつ手を上げ、横の階段を上がって二階の事務所に入る。あとは材料の荷降ろしをするとき以外に顔を合わせることはないし、これといって口をきくこともない。昼、安井は近くの食堂で飯を食い、福島はテイクアウトの弁当を買ってきて工場で食べる。安井が五時ごろまでもどってこない日は、配達先で油を売っているか、パチンコで勝っているときだ。

福島はメインスイッチのブレーカーをつないだ。モーターが鳴り、チェーンが張ってキャリアーが動きはじめ、クーラー、ポンプ、濾過器《ろかき》、ボイラーが作動する。水道の元栓を開け、クーリングタワーと排水処理設備のスイッチを入れる。

試運転は十五分だ。そのあいだにロッカーを開いて、長靴をはき、ゴムの前掛けをつけ、作業帽を被る。軍手の上にゴムの手袋をつけた。

メッキ槽からステンレスかごを引き揚げ、中の亜鉛板をチェックすると、六槽と八槽の板が少し減っている。一枚ずつ亜鉛板を追加して、かごを沈めた。

一斗缶から青化ソーダの錠剤をポリバケツにすくいとって、三・七五キログラムをメッキ槽に入れた。次に苛性ソーダのフレークを七・五キロと、光沢剤三百ミリリットルを溶かし込む。そうして、きのう仕分けしておいた材料のボルト、ナットをドラム缶からバレル（塩ビかご）に移し、キャリアーのフックに吊るしていく。

午前八時、整流器のスイッチを入れた。メッキ槽に電気が流れ、材料に亜鉛の薄膜がつく。福島は石油ストーブに火を点け、整流器のメーターの前に立って、この日一本めの煙草をくわえた。十二ボルト、千九百アンペア――電圧、電流は順調だ。八時ジャストに整流器のスイッチを入れると気分がいい。煙草も旨い。

安井工作所は主に建築資材のボルト、ナットを電気亜鉛メッキしている。材料はキャリアーに吊られた蓋《ふた》つきのバレルに入れられて、脱脂槽から塩酸槽、水洗槽、メッキ槽、水洗槽、硝酸槽、水洗槽、ユニクロ槽、水洗槽、湯洗槽、乾燥機と、工場内を一周し、約一時間で全工程が終了する。福島は各槽の溶液比率や温度をチェックしながら、三分半ごとに乾燥機から出てくるバレルの蓋を外して、仕上がった製品をドラム缶に移し、空になったバレルに材料を詰める。製品を計量してプラスチックケースに入れ、それを台車に積み上げておくと、安井が二階から降りてきて、午前と午後と夕方の三回、二トントラックで配達してまわる。取引先は三十二軒、九割が西区九条のネジ屋で、あとの一割は大正区近辺の町工場だ。

朝八時から夕方五時まで、福島は一日に四トンないし五トンの材料をメッキする。キロあたり単価は三十円から四十円で、月に四百万円ほどの売上げがあるはずだが、それに対する経費や設備償却費は考えたこともない。亜鉛板や薬品類は安井が購入して、いつも適当量が資材庫に入っている。安井が工場の奥に足を踏み入れるのは、月に三回、資材庫に薬品類を運び込むときだけで、福島が二階の事務所に上がるのは、月に一回、給料を受けとるときだけだ。いくら材料がたまっていようと納期が迫っていようと、福島は絶対に残業をせず、だから安井も必要以上の仕事は請《う》けてこない。安井はメッキに関する作業のすべてを福島に任せ、仕事の手順や製品の仕上がりに注文をつけたことは一度もない。

福島は煙草を揉《も》み消した。三台の台車を路上に押し出し、アルカリと酸で茶色に変色したコンクリート床を掃く。筋向かいのプレス工場のシャッターが上がって、旋盤が動きはじめた。

午前九時二十分、樋本は捜査一係長の石川について署長室に入った。朝の訓示を終えたばかりの籠谷は、窓際のソファに座って緑茶を飲んでいた。搾《しぼ》れば脂のしたたりそうな赤ら顔、歩くより横にころがした方が早いくらいに肥っている。

「おはようございます」踵《きびす》をそろえて、石川はいった。

「ま、かけなさい」籠谷がいい、石川と樋本は腰を下ろした。

「本日からエイコー富南店に張りをかけます」

石川は膝の上に両手を置いて、「人員は十七名。私が指揮をとります」

全員がネクタイを締め、エイコーの制服を着て売場に立つ。明日のバレンタインデーに〝毒物が発見されるであろう〟ということは、今日、犯人が毒物を置くとも考えられるからだ。

「くれぐれも営業妨害にはならんように気をつけてくれ」

籠谷は仏頂面でいった。地元振興とやらのお題目で、商工会の有力メンバーであるエイコーの店長とは半年に一回ゴルフをする間柄だ。間違ってもグリーンフィーは払わないし、帰りは忘れずに土産をもらってくる。うわべの権力と接待漬けの日常が警察官としての矜持《きょうじ》をスポイルし、こういう能なしを作るのだ。

「それで、手紙の指紋はどうやった」籠谷はつづけた。

「原稿用紙から採取した指紋は、店の従業員のものだけでした」

樋本が答えた。「差出人は手袋をつけて脅迫状を書いたと思われます。筆跡鑑定については、科捜研からまだ返事がきてません」

期待はしていない。あの文字では鑑定は不可能だろう。

「――しかしながら、差出人の血液型が判明しました。O型か、もしくは非分泌型のA、B、AB型です」

やつは切手をなめて貼《は》ったのだ。鑑識が唾液《だえき》を分析した。

「えらいあやふやな判定やな。要するに、なんでもありか」

「それは、つまり、血痕とちがいますから……」

唾液や汗、精液などの体液には液性抗原の形でABO物質が分泌されているのだが、これを分泌しない型の人間もいる。日本人の場合、分泌型と非分泌型の比率は七十五対二十五だという。

「エイコーの店は近畿一円にあるのに、犯人はなんで富南店を脅迫した」

「調べたら、去年の十一月二十日、同じような原稿用紙の脅迫状が箕面《みのお》店にとどいてます。……エイコーの通信販売でワープロを買うたけど欠陥品やった、それで私は懲罰を科す……と、そんな文面でした。毒物云々が書かれてたので箕面署が捜査に入りましたけど、ブツは発見されず、被害もなし。脅迫もその一回きりでした」

「箕面店へ来た脅迫状も、やっぱり、あの折れ釘みたいな字か」

「そう、定規を使うた字です」

箕面署からファクスで送られてきた封筒と原稿用紙のコピーが刑事部屋にある。

「箕面で被害がなかったからというて、富南もそうやとは限らん。気を引き締めてかかるんや」

「了解。全力を尽くします」石川がいった。

「万が一にも犠牲者を出したらいかん。それだけは肝に銘じとけ。府警の威信にかけて犯人を逮捕するんや」

もともとありもしない威信を振りかざして、籠谷はテーブルを叩いた。

4

四時四十三分、安井が配達から帰ってきた。パワーゲートつきのトラックから半切りにしたドラム缶を五つと、空《から》のプラスチックケースを二十七個下ろして、台車に積んでいく。ドラム缶には、明日メッキする材料と、後処理の方法（ユニクロ処理かクロメート処理）を指定する紙切れが入っていて、福島はそれを確認しながら作業する。

「この〝七十ミリ〟は瀬戸製鋲や。急《せ》いてるし、朝一番にやってくれ」

安井は手短にいって、工場の入口近くに台車を並べ終えると、トラックを運転して裏の駐車場にまわした。少しして、スレートの壁越しに鉄骨階段を上がる足音が聞こえる。足音は十八回でやみ、バタンと二階のアルミドアを閉める音がした。安井の足の運び方で機嫌のよしあしが分かる。パチンコで負けた日は、いかにもしんどそうに階段を上がっていくのだ。

四時五十七分、整流器のスイッチを切った。キャリアーを停め、ポンプ類のスイッチを切り、メインの電源を落とす。水道の元栓を閉め、排水処理装置のスイッチを切った。ちょうど五時、向かいのプレス工場のベルが鳴ると同時にロッカーを開け、手袋、作業帽、前掛け、長靴を脱いで棚に置く。親方ひとり、職人ひとりの町工場にタイムレコーダーというようなものはない。

福島は安井工作所に勤めはじめて九年三ヵ月になる。以前は八尾の大手食品会社で検品をしていたのだが、資材課への配置換えの内示を受け、その三日後に退職願いを出した。それから二ヵ月を失業保険で食いつなぎ、ある日、新聞の求人欄で、《メッキ工高給優遇　オートメーション　大正区三軒家東　安井工作所》の広告を見た。オートメーションのメッキ作業なら検品係と同じように他人と喋る必要がないかもしれないと考え、電話をかけて、その日のうちに安井工作所を訪れると、安井はまさかほんとうに来るとは思っていなかったのだろう、なにか奇妙なものに出くわしたような眼で福島を見た。「もう半年も前に職人が辞めてしもて、困ってるんや」安井は給料の額と勤務時間だけをいい、福島はその場で、翌日から働くといった。そのときの安井の驚いた顔をいまも鮮明に憶えている。

照明を消し、シャッターを下ろした。毛糸の帽子を被り、ダウンジャケットを着て、工場をあとにする。寒い。朝の天気予報だと、夜半から雨になるらしい。この一週間、曇りと雨の日ばかりつづいている。

大正駅へ歩いて、ガード下の赤垣屋に入った。ここはもともと酒屋の倉庫だったが、二年前の七月、改装して立呑み屋になった。五十がらみの無口なおやじと、手伝いのおばさん二人で切りまわしている。

おでんを肴《さかな》にビールからはじめた。煮しめてそり返ったコンニャクに、いやというほど辛子《からし》を塗る。ここのおでんは出汁《だし》を替えないので、なにを食ってもスジの味がする。豆腐と大根は最悪だ。

客の数は十二人。カウンター前に肩で割り込むようにして飲んでいる。

正面の棚の一升瓶の数が二本足りない。先週の金曜日は十七本並んでいたのに。

ビールを空けて、燗酒を頼んだ。いつも『呉春《ごしゅん》』を飲む。あの震災で池田の蔵元はどうなったのだろう。家にテレビがないから、先月はラジオばかり聞いていた。テレビは虚像だ。ブラウン管の映像はまやかしであり、視るに値しない。視覚を鈍麻させるものはすべて排除しなければならない。

この日十三本めの煙草をくわえてライターをすったが、ガスが切れていた。カウンターの徳用マッチを引き寄せたら、箱の中にジクがぎっしり詰まっている。一本、二本、と眼で数えはじめた。赤い頭をめやすに五十五本まで数えたが、あとは中身を移し替えないと数えられない。

眼の奥がじんじんして首筋が硬くなる。髪の中を毛虫が這《は》いまわっているような焦燥感。

やめろ、これは店のマッチや。——引き剝がすように視線を逸《そ》らして眼をつむった。きな臭いにおいが鼻孔の奥に広がりだす。

「おあいそや。勘定して」

燗酒を残したまま、福島は逃げるように店を出た。


閉店後、全捜査員が会議室に集まった。富南署の刑事課八人と地域課九人の混成部隊だ。地階に張り込んでいた捜査員から報告がはじまる。

「地階食堂街と物販店に異常なし」

「地階食料品売場に異常なし」

「一階専門店街はＯＫです」

「一階婦人服売場もありません」

——二、三、四階のテナントゾーンと売場にも、これといった異常はなかった。

「チョコレート売場はどないや」石川が訊いた。

「もう、ひっきりなしに客が来ました。小学生から六十のばあさんまで、延べにしたら七百人ほど。チョコレートだけで優に百万を越す売上げですわ」樋本が答えた。

大村とふたり、無粋な臙脂色の上着を着て、地階エレベーター横の特設売場を張っていたのだ。一日中立ちづめで腰がだるい。足指が腫《は》れて靴が裂けそうな感じがする。

「男の客も二十人ほどいてましたけど、これといった不審な動きはなし。鞄の中にこそっとチョコレートを入れた高校生もおりました」

いちおう犯罪だから、別室に連れて行こうかとも考えたが、やめた。面倒だし、万引きを取り締まっているわけでもない。そういうのは警備員の管轄だ。

「ギフト売場はどうなんや」石川が地域課の吉村に訊いた。

二階のテナントゾーンにアクセサリーとギフトの専門店があり、そこに吉村は張りついていた。

「特に異常はありません。万引きはなかったけど、近頃の女子高生のスカートの短いのにびっくりしました」

吉村が答え、数人が笑った。

「店からの報告では、不審物はなし。警備主任も異常はないと連絡してきた」

石川は低くいって、「明日は午前九時にこの部屋に集合や。今日はこれで解散」

「ご苦労さんです」

「失礼します」

口々にいいながら、捜査員たちは席を立った。

5

二月十四日——。

午前五時五十分、起床。布団をたたみ、窓を開けると、雨が降っていた。隣の家の瓦屋根に、街灯の光がジグザグに映り込んでいる。今日の降水確率は九十パーセントだった。

クラッカー五枚とカマンベールチーズ、スクランブルエッグ、ミルクティー二杯の朝食をとった。

掃除機を使って台所の掃除をした。節分にまいた豆がホースにあたって、コツン、コツンと音がする。ひとつ拾ってみると、皮が湿気を吸ってふやけている。スリッパの踵《かかと》で踏みつけたら、ぐしゃっと平らにつぶれた。

六時二十九分、傘をさし、ごみ袋を提げて部屋を出た。アパートから約百メートル離れた四つ角に、ブロックで囲ったごみ置場がある。昨日の夜から置いていたのだろう、黒のポリ袋が四つと、青のポリ袋が三つ積んであった。ムクドリが二羽、そばの電線にとまっている。

「バレンタインデーか……」

バス停へ歩きながら独りごちた。十二年前、二十二歳のときにチョコレートをもらったことがある。三宅敏江というパートのおばさんだった。当時は自分が若かったからおばさんに見えたが、彼女はまだ三十そこそこだったと思う。

ピンクのリボンのついたウイスキーボンボンだった。その日は新聞紙に包んでロッカーに入れ、翌日、アパートに持ちかえって食べた。チョコレートは好きではないけど、うれしかった。お返しはなにがいいだろうかと考えた。

三月十四日のホワイトデーに、バラを浮き彫りにした髪飾りを贈った。ありがとう、私なんかに似合うかしら——三宅敏江はよろこんだが、その髪飾りをつけたのは一度だけだった。彼女は三月末にパートを辞め、代わりに、痩せぎすのネズミのような女が検品課にきた。

六時四十分、バスに乗り、六時五十八分、準急に乗った。最後尾の車両の乗客は二十二人。向かいの席に座った若い女が、膝にルイ・ヴィトンのバッグをのせている。《LV》というマークの数は十七個だった。

『ストーン・シティー』は下巻の百二十九ページまで読みすすんだ。

刑務所はいやだ。饐《す》えた臭いのこもる養鶏場のようなコンクリートの箱に何千人もが押し込められ、食事も風呂も運動も、眠っているあいだでさえ、他人がそばで息をしている。徹底した強迫による順応と精神の崩壊。こんなところに収容されるくらいなら、死んだ方がましだ――。

七時四十分、工場のシャッターを開け、七時四十五分、メインスイッチをつないだ。長靴、前掛け、作業帽、ゴムの手袋をつけ、各槽の溶液をチェックする。前処理の脱脂槽に洗剤と苛性ソーダを追加し、メッキ槽に光沢剤を三百ミリリットルと、青化ソーダの錠剤を五十個入れた。錠剤はひとつが三十五グラムだから、一・七五キロだ。硝酸槽に硝酸を足し、排水処理装置に次亜塩素酸ソーダと硫酸を一リットルずつ注ぐ。

午前八時、バレルに瀬戸製鋲のボルトを詰めて、整流器のスイッチを入れた。メーターを見ながら、一本めの煙草を吸いつける。


九時十五分、安井が来て、十時すぎに製品を配達しに出かけた。

安井は昭和二十四年生まれの四十五歳。西区境川のマンションに、妻と長女、次女がいる。長女は私立高校の三年生で、どこかの短大か専門学校を受験したらしい。去年の八月、ミニバイクに乗って工場に現れ、事務所へ上がっていくのを見かけたが、父親に似た、眼の細い小肥りの、もっさりした感じの娘だった。安井の家族の名前はひとりも知らない。

十一時少し前、仕上がった製品を計量器にかけたが、重量は表示されるのにレシートが出てこない。裏蓋を開けてみると、ロール紙がきれていた。このレシートの数量を安井が集計して工賃を請求するわけだから、ロール紙を補充しないといけない。

キャリアーを停め、整流器のスイッチを切る。ゴム手袋と軍手をとり、前掛けを外して、二階の事務所に上がった。安井の野放図な性格そのままに、伝票や書類、製品サンプルがところかまわず置かれている。見当をつけて事務机の上のレターケースを探すと、二つめの抽斗の中に新しいロール紙があった。そして、その下に数十枚の収入印紙と切手、名刺の束。

福島はひとつためいきをついてロール紙をポケットに入れ、まず名刺から枚数を数えはじめた。


十一時半、専門店街の蕎麦屋《そば》で早めの昼食をとり、チョコレート売場にもどると、店長の清水が大村と話をしている。清水は樋本を見て、小さく頭を下げた。

「そんなことしたらあきません。おたくは店長で、私らは部下ですがな」

「あ、どうも、もうしわけありません」清水は苦笑した。

「どうしました。なんかありましたか」樋本は訊いた。

「いえ、こんなことをお話しするのはどうかと思いましたが……」清水はいいよどむ。

「どんな些細《ささい》なことでもいいです。お聞きします」

「実は、四階の『マルフジ』というペットショップで熱帯魚が死にまして」

九時半ごろ、マルフジの経営者が店に入ると、十二基ある水槽のうち、エンゼルフィッシュの槽で、七匹の魚がみんな浮いていた。どれも死んでから時間が経っているらしく、縞模様が薄くなって硬直している。エアポンプは動いており、ほかの水槽の魚に異常はないので、知らせておいた方がいいかと、経営者から連絡があったという。

「そら、奇妙ですな。行ってみましょ」

刑事のカンにぴんと響くものがある。

樋本は清水の案内で四階に上がった。《ペットショップ・マルフジ》は専門店街の東端、客用階段のすぐ横にあった。店内は通路の左側がペットフードとペット用品の売場、右側に金魚と熱帯魚の水槽といったレイアウトで、犬や猫、小鳥の類は置いていず、爬《は》虫類《ちゅうるい》もいない。屋内のペットショップでは、鳴く動物や臭いのするペットは扱えないようだ。

「――水槽の水、替えましたか」樋本は経営者の藤永に訊いた。

「そのままにしてます。調べてもらおうと思て」

「魚は」

「これです」

ビニール袋に体長十センチほどのエンゼルフィッシュが入っていた。七匹とも眼が白濁し、鱗《うろこ》も剝落《はくらく》していて、今朝、死んだものとは思えない。

「昨日はちゃんと泳いでたんですな」

「はい、閉店までは元気でした」

閉店は七時、パイプシャッターを下ろす前に確認した、と藤永はいう。

すると、もし毒物を入れたのなら、閉店直前だということになる。

「閉店前に不審な客はいませんでしたか」

「すみません。記憶にないですね。……固定客は多くないんです」

大半がフリの客らしい。

「熱帯魚や金魚を買う人は」

「一日に、せいぜい十人までですか。それも餌用の金魚がほとんどです」

売上げの九十パーセント以上がペットフードとペット用品だという。

「閉店後に、誰かが店に入るようなことは」

「無理ですね。シャッターの鍵を持ってるのは私だけやから」

「午後七時をすぎると警備員が巡回します」

清水が補足した。「翌朝まで四回。三時間ごとに、です」

「いままでに、水槽の魚がみんな死んだことありましたか」藤永に訊いた。

「なんべんかあります。エアポンプやヒーターが故障したり、病気が広がったりして。

海水魚はわりに弱いです」

「了解。この魚と水を検査しますわ」

これ以上訊いても得るものはない。樋本は水槽の水をビニール袋に入れてもらってマルフジを出た。清水といっしょに店長室へ行って本署の鑑識課に電話をし、事情を話して、魚と水をとりにくるよう手配した。

「ほんとうに毒物なんでしょうか」不安げな面持ちで清水は訊いた。

「さあ、どうですかね」言葉を濁したが、その可能性は大きい。

「――ま、検査結果を待つことです」

いって、店長室を出た。

6

三時十二分、安井がいつもより早く配達から帰ってきた。今日はパチンコ屋に寄らなかったらしい。

安井はドラム缶四個分の材料と、プラスチックケースを十九個、トラックから下ろして台車に積んだ。計量器の脇にロール紙の芯があるのを見つけて、

「秤《はかり》の紙、切れてたんか」ぼそりといった。

「交換した。新しいのと」福島は整流器のメーターから眼を離さない。

「そうか。机の上の抽斗にあったやろ」

「ああ、あった」

「この『12』と『7』はクロメートや」

半切りのドラム缶には白のペイントでナンバーが書いてある。中の材料をメッキしたあと、後処理でクロメートの皮膜層をつけるのだ。クロメート処理は赤みがかった黄色、ユニクロ処理は青みがかった白色になる。

「あと、薬品はどないや。足りてるか」

「青化と次亜《ジア》や。ちょっと少ない」

「分かった。注文しとく」安井はいって、事務所へ上がっていった。

福島はバレルの蓋を開けて傾ける。ガラガラッとドラム缶に製品が落ちた。空になったバレルにまた材料を詰める。

ボルトとナットを数えることはない。いちいち数えていたらバレルが渋滞する。メッキはおれの仕事であり、おれは職人なのだ。

五時をすぎて、チョコレート売場は閑散としてきた。昨日までの人だかりが嘘のように、ひとりの客も寄りつかない。樋本は酒の売場から、大村はトイレットペーパーとティッシュペーパーの売場から、チョコレートの特設売場を遠張りしている。

「ちょっと、料理酒はどれがいいかな」

ふいに後ろから声をかけられた。振り向くと、見るからに水商売といった赤い髪の女が立っている。これから出勤だろうか、化粧が濃い。

「安いのは合成酒ですわ。清酒やったら、その紙パックのがいいでしょ」

二日あまり酒売場にいて、みんな憶えてしまった。

「ありがとう」女は酒をカゴに入れて、レジに向かった。

樋本は大きく息をついて伸びをした。腰がだるい。膝も痛い。ショーケースのそばは冷気のせいで足が冷える。

石川がエスカレーターで降りてきた。小走りに近づいてくる。

「――鑑識の結果が出たぞ。シアン化合物。青酸塩や」

「やっぱり……」

「予試験やけど、間違いない。どえらい毒物や」

青酸塩の致死量は、〇・一五ないし〇・三グラム。内服すれば、ただちに虚脱状態に陥り、痙攣《けいれん》ののちに意識を失って、経過のはやいものでは数分のうちに呼吸機能が麻痺して死亡するという。

もう五年も前だったか、樋本は青酸カリで自殺した製薬会社の研究員の検視に立ち会ったことがある。部屋中に嘔吐物《おうとぶつ》を吐き散らし、畳を掻《か》きむしって死んでいた。

「脅迫状、本物でしたな」樋本は嘆息した。

「いま、ペットショップを閉めさせた。ペットフードをみな調べる」

「食料品売場はどうするんです」

「閉鎖はできん。パニックになる」

「けど、課長……」自殺した研究員の苦悶の表情が脳裡をよぎる。

「慌てるな。小魚が七匹死んだだけや」

「………」

「署長が府警本部に報告した。捜査一課の一個班が来る」

エイコー富南店の脅迫は本部統括事件になった——。


午後九時十五分、青酸化合物の本試験と定量分析が終了するのを待って、富南署三階会議室に捜査会議が招集された。

出席者は、府警本部から捜査一課班長の河内警部以下、河内班の十二名、そして富南署から署長、副署長、刑事課長以下、鑑識を含む二十一名の捜査員。幹部連中は黒板を背にして長テーブルの向こうに陣取り、樋本や大村たちは折りたたみのパイプ椅子に腰かける。狭い会議室は人いきれと煙草のけむりで白くかすんでいる。

初めに、署長の籠谷から訓示。青酸化合物の毒性について、ひとしきり講釈をたれたあと、事件の早期解決に向けて全力を傾注されたいと、型通りの内容だった。

次に、石川が立った。

「マルフジの熱帯魚と水槽から検出された青酸塩ですが、青酸ナトリウムと判定されました。水槽中の青酸濃度は三ｐｐｍ。あずき大の青酸ナトリウムペレットを、一つか二つ溶かした濃さでしょう」

「それで、エンゼルフィッシュは即死ですか」河内班の捜査員が訊いた。

小魚に即死も緩慢死もないだろうが、石川は真顔で、

「マルフジの閉店前、魚は七匹とも生きてました。犯人は閉店間際に水槽に青酸塩を入れ、それから数時間で魚が浮いたと思われます」

魚の死亡推定時刻までは分からんわな——後ろで、そんな声がした。誰も笑わない。

「それと、マルフジのペットフードを調べた結果、毒入りのドッグフードを二個発見した」

野太い声でつづけたのは捜査一課の班長、河内だった。眼つきの鋭い大男だ。頰から喉仏のあたりまで、うっすらと不精髭《ぶしょうひげ》が生えている。「——三百グラム入りの愛犬用ビスケットや。透明の袋の内側が濡れて、ビスケットの一部がふやけてる。袋に針状の穴があいてて、ふやけたビスケットから青酸が検出された。犯人《ホシ》は注射器を使って青酸ナトリウムの溶液を注入したらしい」

むちゃしよる。ひどいで。──ざわめきが広がった。

「レジの控え伝票を確認したら、昨日と今日、売れたビスケットは十一個やった。店員は売った客をひとりも憶えてへん」

「班長の考えはどうなんです。公表するんですか」副署長が訊いた。

「そいつはやむをえんでしょうな」

河内はあっさりうなずいた。「犯人に手の内は見せとうないけど、もし毒入りの餌を買うた客がいてたら、かわいいペットが死んでしまう。叩かれるのは犯人やのうて、警察ですわな」

「けど班長、こいつが愉快犯やったら、エスカレートするおそれもありまっせ」

遠慮のない口をきいたのは、同じ河内班の古参刑事だった。「犯人が新聞やニュースを見て、標的をペットから人間に変えよったら、それもまた警察のせいですわ」

「いまからそんな心配してどないするんや。小さい子供が間違うてビスケットを口に入れるかもしれんのやぞ」

「ああ、ほんまでんな……」

「とりあえず、箕面店の脅迫状の存在は伏せる。近いうちに次の手紙が来るはずや。それを読んで、こっちも動く」

「この事件、罪名はどうなるんですか」二係の捜査員が訊いた。

「恐喝、威力業務妨害、毒物及び薬物取締法違反、器物損壊……いくつかあるわな」

「殺人未遂は問えませんか」

「微妙なとこやな。ものがペットフードだけに、そこまでは無理やろ。こういうのは不謹慎かもしれんけど、犯人はええとこに眼をつけよった」

河内は熱のこもらぬふうに答え、テーブルに両手をついて立ち上がった。「これからの捜査方針と分担をいう。まず、犯人の足取りと、地取りや——」

テナント、売場、駐車場など、全従業員に訊込みをして不審人物を追う。

並行して手口照会を行い、企業恐喝、脅迫状、毒物、土地鑑の有無など、同一手口の前歴を有する人物を割り出す。

また、青酸ナトリウムを入手できる金属精錬、メッキ工場、薬品会社、写真現像所、企業研究所などをリストアップし、不良人物を洗い出す。

「——この種の犯罪では、犯人を引くまで脅迫がつづく。類犯も出やすい。腹を据えてかかってくれ」

河内は会議室の全員を見まわして締めくくった。

福島はいつも進行方向に向かって左側、連結部に近い、いちばん前のシートに座ることにしている。そこは乗客の出入りが少なく、左側に座るのは、次に停まる松原駅で右のドアが開くからだ。

7

雨は昨日の夜にやんだ。ここ一週間、晴れの日がない。二月十五日の降水確率は二十パーセント。最後尾の車両の客は二十四人――。

松原駅で、騒々しい高校生の一団が乗ってきた。黒いバットケースを肩に提げた坊主頭の六人が先を争って空席を探し、無遠慮に割り込んでくる。

高校生はくさい。中学生もくさい。めったに洗濯しない着たきりの制服は腐った汗の臭いがする。子供でも大人でもない中途半端な生きもの。吸収し消費するだけで還元することのない無価値な年代。生命体はすべて遺伝子の乗り物だというが、それならなぜ人類の狂的増殖をコントロールできないのだろうか。地球は完結した宇宙船だ。それを単一生物が汚染破壊することは許されない。

「ふあぁ……」隣に座っている会社員が欠伸《あくび》をし、読んでいた新聞を膝に置いた。

ペットフードに毒　熱帯魚死ぬ

十四日午前九時半ごろ、富南市春日坂三丁目のスーパー、エイコー富南店内のペットショップ、マルフジで、経営者の藤永克弘さん（39）が店内に入ったところ、十二の水槽のうち一槽で、熱帯魚のエンゼルフィッシュ七匹が腹を上にして死んでおり、藤永さんはこれを警察に届け出た。富南署の捜査員が店内を調べた結果、エンゼルフィッシュの水槽から猛毒のシアン化ナトリウム（青酸ソーダ）が検出され、またマルフジで販売しているドッグフードの愛犬用ビスケット、「カナディアン・ビスミート」二個からも青酸が検出されたため、事態を重くみた府警捜査一課と富南署は捜査本部を設置し、十三日と十四日にビスケットを買ったとみられる十一人の客を探している。

エイコー富南店には、二月九日午前、差出人不明の手紙がとどいており、エイコーとのトラブルを指摘した上、売場に毒物を置くとの内容であったため、富南署捜査員が店内を警戒していた。

藤永さんは水槽と商品に毒を入れられたことに心あたりはないといい、警察はエイコー富南店の警備を強化するとともに、店長ら関係者から事情を聞いて捜査を進めている。

なお、エイコー本社＝大阪市中央区淡路町三＝吉沢政雄広報室長（47）によると、手紙で指摘されたようなトラブル及びクレームはなく、悪質な嫌がらせではないかと話している。

「なるほどね。箕面店の脅迫状のことはいっさい書いてへん」

朝刊をたたんで、大村がいった。「この記事だけ読んだら、エイコーとトラブったやつのいやがらせというニュアンスですわ」

「一種の報道協定や。身代金目的の誘拐とか恐喝というのは事後発表が多い」シートにもたれかかって、樋本はいう。「新聞社も大事なクライアントには配慮をする。……けど、これでエイコーの売上げは激減や。まして、富南店で食料品を買おうという物好きはおらんやろ」

「くそったれ、犯人の狙いどおりやないですか」

「犯人が箕面店を脅迫したときはニュースにならんかった。そやし、今度は青酸という切り札を見せよったんや」

「次は金の要求ですな」

「間違いない。なんぼ要求してきよるか楽しみや」

この事件には、総会屋、右翼、暴力団などによる組織犯罪のにおいがしない。犯人はおそらく一人。それもエイコーに恨みがあっての犯行ではなく、不特定多数の客を人質にとった身代金犯罪だという気がする。

「しかし、いちばんの貧乏クジ引いたんはマルフジですわ。商品をワヤにされた上に、店は臨時閉鎖、もうペットフードは売れんでしょ」

「そこをエイコーがどうみるか。……ま、なんの補償もせんやろな」

つぶやくようにいったとき、電車がホームにすべり込んだ。

「着きました、堺筋本町」

大村は朝刊をコートのポケットに入れて腰を上げた。樋本も立ち上がる。

北改札口を出て東へ歩いた。車がじゅずつなぎになった船場のビジネス街。樋本は頭を振り、眼頭《めがしら》を揉《も》んだ。

「眠たい。しんどいぞ」

昨日は捜査会議のあと、富南店の発行したショッピングカードのリストをもとに、午前一時近くまで外を歩いていた。十数人の刑事がかかって回収した愛犬用ビスケットはたった二個で、どちらも毒物は入っていなかった。

「あの河内いう班長、押しが強いですね」大村が白い息を吐いた。

「本部一課の班長や。癖はあるわな」

噂は何度か耳にしたことがある。河内は一課の叩き上げだ。三年前に班を任され、それからは一件も事件を腐らせた（迷宮入りにさせた）ことがないというから、稀にみる強運の持ち主だ。

いわゆる捜査本部事件（警察の規定でいう、本部長直接指揮事件）の場合、府警本部から一個班が派遣されてきて事件捜査にあたり、所轄署の捜査員はその応援要員といった扱いになる。機構上、河内の指揮下に入ったわけだから、石川や樋本たちがおもしろかろうはずがない。

「ええ機会や。この際、忠勤に励んで、河内班に引き上げてもろたらどないや」

本部捜査一課の刑事は、そうしてスカウトされた者が多いと聞く。

「またお茶くみからはじめるんですか。ぼくはごめんですね」

大村は笑いながら手を振って、「科捜研へ行くの、初めてですわ」

「わしの警察学校の同期生が法医で血液鑑定をしてる。去年の夏やったか、たまたま部屋を覗《のぞ》いたら、床に新聞紙広げてジグソーパズルみたいに人骨を並べてた。高槻の山中で見つかった白骨死体や、と」

「あんまりゾッとしませんね」

「人間、骨になってしもたらリアリティーがない。ただの模型みたいな感じや」

「血液型は骨髄を採って判定するんですね」

「そういうこと。……最近はレイプが増えてて、被害者の体内から精液を採取するんやけど、被害者がＡＢ型のときは、えらい鑑定に苦労するというてたな」

「ぼくはしかし、研究所勤めなんかできませんわ」大村は真顔でいう。

「誰も勤めてくれとは頼まへん」

科学捜査研究所に着いた——。

文書鑑定技官の新田は、箕面店の脅迫状と富南店の脅迫状をデスクに並べ、おもむろに説明をはじめた。

「この二通は明らかに同一人物の筆跡です。筆圧は強く、筆勢は停滞。字画の形態と構成に作為が感じられ、配字形態にも癖があって、文字間隔が極端に狭い。原稿用紙の枡目の中に、きっちり一字ずつ文字を収めているのが際立った特徴です」

「ああ、そうですか……」

その程度のことはいわれなくても読める。目新しい発見はなにひとつない。

「ほかになにか、参考になるようなことは」

「字画線は書き出しと書き終わりの部分で筆圧が非常に強く、曲線の場合はその途中部分が最も強い。これはけっこう特徴のある……というよりは珍しい書き癖です」

「そういう書き癖で思いあたる職業とか人物像がありますか」

「ありません」にべもなく新田は答えた。「筆跡でそれが判れば科学捜査の革命ですよ。筆跡鑑定というのは、つまり、文字の類似性を比較対照することなんです」

はいはい、そうでっか。お説ごもっとも。——厭味な男だ。

「ほな、いつもはどんな鑑定してるんです」鼻白んだようすで、大村が訊いた。

「多いのはクレジット関係ですね。その盗用に関する鑑定が増えてます」

新田は得意げに、「いくら他人の筆跡を真似たり、なぞったりしても、筆圧を測定すれば、即座に真偽の判断ができますからね」

ドラムスキャナーとか細線化表示といった専門用語を持ち出してきたが、樋本にはまったく興味がない。

「いやどうも、ありがとうございました。失礼しますわ」

「後日、鑑定報告書を送ります」

「頼みます」早々に部屋を出た。

8

鮭弁当の金時豆が少なくなった。以前は八つ以上入っていたのに、この三日間は六つ、五つ、六つといった減りようだ。そういえば、弁当屋の厨房《ちゅうぼう》にいる店員の顔ぶれが変わったような気もする。いつも大きなエプロンをして白い帽子を被っているから定かではないが……。

ウーロン茶の缶をあけて口をつけたとき、「こんにちは」と、声がした。顔を上げると、工場の入口にコート姿の男がふたり立っている。

「すんません な、昼どきに」

ずんぐりした年嵩《としかさ》の男がいった。もうひとりの若い方は痩せて背が高い。

「なんや……」ウーロン茶を脇に置いた。ふたりとも見かけない顔だ。

「警察のもんです。ちょっとお聞きしたいことがありまして」

返事も待たずに、ふたりの男はずかずかと中に入ってきた。年嵩は樋本といい、若い方は大村といった。

「失礼ですけど、おたくさんは」

「福島……福島浩一」答えると、若い方がメモをした。

「ここはひとりで?」

「オヤジは配達に出てる。なんの用や」

「実は、先週、富南市のスーパーで事件がありまして、その捜査をしてるんですわ」

年嵩が答えた。「熱帯魚の水槽とペットフードに青酸が入れられた事件です」

「……」眼の前で年嵩のネクタイがちらちらする。

「それで、大阪中のメッキ工場を歩いてるんやけど、おたくさん、青酸ソーダを使うてますな」

「うん……」ストライプのネクタイだ。紺、緑、茶の三色。

「その保管方法とか使用量について教えてほしいんです」

「うん……」紺の縞《しま》から数えはじめた。一、二、三、四、五、六……。

「ひと月にどれくらい使います」

「なにを……」紺の縞は十一本だ。

「そやから、青酸ソーダです」

「三十五から四十キロ」緑の縞を数える。

「薬品会社は」

「九条の富山薬品商会」緑の縞は九本。茶の縞は数が多い。

「青酸ソーダの保管は」

「薬品庫や」動くな。じっとしてろ。

「鍵つきですか」

「そうや……」茶色の縞は十八本だった。

「ちょっと見せてもらえませんかね」

「ああ……」作業机の抽斗から鍵を出す。

刑事を薬品庫に案内して南京錠を外した。扉を開けると、ひとしきり中を検分して、

「いつもこうして錠をかけてるんですか」若い方が訊いた。

「あたりまえや。青化も苛性も猛毒やからな」

「誰か知り合いが、青酸ソーダを譲ってくれというようなこと、ありましたか」

「あらへん」首を振る。

「ほな、薬品類が盗られたことは」

「あったら警察に届ける」扉を閉めて施錠した。

「なるほどね。この錠前を見て安心しましたわ」

刑事は礼をいって出ていった。


「なんや、愛想のないやつでしたね」

「ちょっと変わってたな。わしのネクタイをじっと見てた」

「いまどきストライプのネクタイとは珍しい、そう思たんでしょ」

「腹減った。なんぞ食お」

ちょうど通りかかった、うどん屋の暖簾《のれん》をくぐった。けっこう込んでいる。手洗いのそばに席をとって、樋本は鍋焼きうどん、大村は日替わり定食を注文した。

「――さて、今日は何軒歩いた」

「朝から三軒ですね。大正区はさっきのメッキ屋で終了です」

「次はどこや、港区か」

「港区のメッキ工場は二軒だけですわ」大村はメモ帳を見る。

「毎日、毎日、くそおもしろうもない。賽《さい》の河原に石積んでるような気がするで」

二月十六日から今日で六日、樋本と大村は大阪市西部の住之江、西成、大正、港、此花、西淀川といった地域の金属精錬工場、電解工場、メッキ工場の訊込みをしている。町工場の規模と環境は似たりよったりで、親方ひとりに職人が数人。青酸ソーダや青酸カリなど劇毒物の管理は驚くほど杜撰《ずさん》で、鍵つきのロッカーすらない工場がいくつもあった。工業用青酸ナトリウムの錠剤は三十五グラム。ひとつで百人もの人間を殺せるのに、それを蓋なしのポリバケツに入れて工場の隅に放置している親方もいた。錠剤のひとつやふたつ、盗まれたところで気づきはしないだろう。

「しかし、次の脅迫状はいつ来るんですかね。このまま音沙汰なしやったら、二階に上がって梯子《はしご》外されたみたいなもんですわ」

大村の比喩《ひゆ》はおかしいが、気持ちは分かる。あれから一週間たったのに、まだ次の手紙がとどかないのだ。

「ひょっとして、事件の公表が効いたんかもしれん。犯人にしたら、まだ金の要求もしてないのに捜査本部まで設置されるとは思てなかったんや」

新聞とテレビニュースの効果だろう、愛犬用ビスケットは十一個のうち十個が回収されたが、ひとつも青酸は検出されなかった。

富南店付近の地取り捜査はつづいているが、めぼしい情報はなく、犯人の足取りはつかめていない。

店長の清水から提供された〝クレームマニア〟のリストにより、六人（主婦が四人と中年の男が二人）から事情を聞いたが、心証はシロ。六人とも毒物に関する知識がとぼしく、エイコーだけに苦情をいいたてているわけでもなかった。

富南店の食料品売上げは激減し、チョコレートや菓子類を返品する客、ペットの病気を毒物のせいだとする客などが押しかけてきて、従業員は対応に苦慮している。本社の営業本部長が店長室に詰めて陣頭指揮にあたっているが、売場の混乱はしばらくおさまりそうにない。

脅迫状の封筒は定型の茶封筒で紙が薄く、中国から輸入された一枚五円程度の特価品らしい。コクヨの原稿用紙は同じ規格の製品が大量に出まわっていて、販売ルートの特定はできない。

――と、そのとき、大村の携帯電話が鳴った。

「呼んでますね」大村はついと立ち上がって外へ出ていった。

樋本は煙草をくわえて火をつける。そこへ、定食と鍋焼きうどんが運ばれてきた。

「あれっ、お連れさんは」

「電話してますねん」樋本は鍋焼きうどんに箸をつけた。土鍋が煮えたっていて熱い。

しばらくして大村がもどってきた。

「──脅迫状、来ました」

「そうか、来たか……」

「今度は市内です。新大阪駅近くの淀川区西宮原、エイコー淀川店宛でした」

「それ、本物やろな」便乗犯の可能性もある。

「例の折れ釘みたいな文字です。いつもの茶封筒にコクヨの原稿用紙」

「金はどうなんや」

「要求額は一億。二十三日までに用意せい、ということです」

二十三日は明後日だ。あまり余裕がない。

「脅迫状の現物は科捜研です。全員に招集がかかりました」

「よっしゃ。これ食うたら、すぐに帰ろ」

ようやく脅迫状が来た。それを待っていたのだ──。

9

過日、私は貴社富南店において毒物を使用した。これは制裁であり警告を実行したのである。私は貴社に解決金を要求し、一億円を支払うよう求めることとする。一億円は使い古した一万円札で通し番号でないこと。これを二月二十三日正午までに用意し、そのことを二十四日の朝刊に掲載すること。朝日新聞尋ね人欄に〔春夫、みんな解決した。連絡待つ〕と掲載せよ。指示に従わない場合は毒物が店内に置かれるであろう。私は貴社の良識に期待する。ではまた連絡する。

「消印は中央郵便局。投函は十九日の十八時から二十四時や」

脅迫状のコピーを手にして、河内がいった。「エイコーは現金を用意して、このとおりの文章を新聞に載せる」

「札に細工は」富南署の捜査員が訊いた。

「もちろん、ナンバーはすべて控える。それと硫酸銅の稀釈液を札に塗っておく」

硫酸銅は肉眼では見えない。これにベンチジン試薬を作用させると、青藍色の呈色反応を示すという。血痕の予備検査を応用した方法だ。

「一億円、重さは」と、河内班の主任。

「百万が百グラム。……約十キロやな」

「いったい、どうやって金をとるつもりですかね」

「そんなことは分からん」河内は舌打ちした。「どういう策をとるにしろ、犯人は金を受け取らないかん。霞《かすみ》や幽霊と違うんやから、必ず取引の場に姿を現しよる。そこを網にかけるんや」

——と、そのとき、ドアが開いて鑑識捜査員が部屋に入ってきた。捜査員は河内の耳許でなにやら囁《ささや》き、「そうか……」聞いた河内の眼が細くなった。新たな情報が入ったらしい。

「班長、なんです」班員が訊いた。

「科捜研から報告や。封筒の切手から指紋が出た」

「ほんまですかいな」

「それに、極微量の亜鉛も付着してる」

「指紋の照合は」

「あかん。試料が小さすぎるんや」

検出したのは不鮮明な部分指紋で、数ミリ四方しかないという。「識別システムにひっかからんということは、この犯人には検挙歴がないんかもしれん」

「微量の亜鉛というのは、どういう意味やろ」と、さっきの主任。

「メッキですわ。電気亜鉛メッキです」

答えたのは大村だった。「青酸ソーダと亜鉛板。……ぴったり符合します」

「なるほど、そういうことか。尻尾が見えたな」

河内はにやりとした。「メッキ工場は何軒まわった」

「ぼくらの担当は大阪市の西半分です。電気亜鉛メッキの工場だけやったら、三十軒もないと思います」

「大阪市の東部は」

「せいぜい二十軒」一係の佐藤が答えた。

「府下はどないや」

「五、六十です」一係の嶋田。

「よし、分かった。これからは二十人で電気亜鉛メッキ工場を歩け。もういっぺん一からまわって、従業員の指紋を集めるんや」

河内は簡単にいうが、被疑者でもない人間がおいそれと指紋をくれるわけがない。さて、どうやって集めたろ――樋本は腕を組み、天井を見上げた。

10

二月二十二日――。

四時五十五分、整流器のスイッチを切り、ゴム手袋をとった。爪が伸びている。作業机の抽斗から爪切りを出して、左の親指から爪を切った。男にしては関節の細い白い指。右の小指だけ爪を四ミリ伸ばしている。

爪を擦りながら、爪切りのヤスリの目を数えた。〇・五ミリの刻み目が三十四本。

この爪切りはもう何年も使っている。なぜ、いまになってヤスリの目を数えたのだろう。——そう、工場の中にあるものは数えないように自制していたのに。

どこかに意識の空白が生じたのかもしれない。無意識の行動は思考を停滞させ、ついには人格をも崩壊させる。

集中し、持続しろ。思考の放棄は無に等しい。

「こんにちは」声が聞こえた。

「ああ……」振り返った。

「どうも。また来ました」

シャッターボックスの下に、人影がふたつ立っていた。昨日の刑事だ。年嵩の方は同じストライプのネクタイを締めている。

「仕事は終わった。帰るんや」

「いや、手間はとらせません」

ふたりの刑事は中に入ってきた。若い方がコートのポケットからガラス瓶を出して、

「これはあるところから採取した水なんやけど、においを嗅いでもらえませんか」

「におい……？」

「亜鉛メッキの廃液が混ざってないか、意見をお聞きしたいんです」

「おれ、鼻がきかんのや」

「ま、そういわずに、お願いします」

ガラス瓶を押しつけられた。イカの塩辛でも詰めるような広口の瓶に、微《かす》かに黄みがかった水が半分ほど入っている。ブリキのねじ蓋が固く締められていて、両手でこじ開けた。瓶の口を鼻に近づけたが、においはまったく感じない。

「あかん。分からん」瓶の蓋を閉めて、返した。

「そうですか。残念やな」

刑事は首をかしげながら瓶をポケットに入れ、「どうも、すんませんでした」踵《きびす》を返して出ていった。

なんやねん、あいつら――福島は水道の元栓を閉める。電源を落とし、服を着替えて外に出たら、五時を十五分もすぎていた。

午後七時、持ち帰った六人分の指紋を鑑識に渡し、刑事部屋にもどった。デスクに腰を落ちつけて、駅前のコンビニエンス・ストアで買った弁当を広げる。大村がインスタントの味噌汁にヤカンの湯を注いだ。

「味噌汁よりビールが飲みたいな、え」

「そんな無理いうたらあきませんわ。いちおう勤務中です」

刑事部屋には三人の同僚がいる。まだ外を歩いている連中の方が多いのだ。

「頭がひからびそうや。昨日も一昨日も飲んでへん」

「会議が終わったら行きますか」大村は銚子を傾ける仕種《しぐさ》をする。

「いらん。家に帰って寝る方がええ」

「ややこしい人や」大村は笑って、自分のデスクに座った。

樋本は弁当を食べて、椅子にもたれかかった。腹がふくれると無性に眠い。デスクに突っ伏して、いつのまにか眠っていた。


九時二十分、河内と石川が会議室に入ってきた。それまでのざわめきが静まって、捜査員たちは前を向く。

河内はファイルを机に置くと、おもむろに全員を見まわし、

「——朗報や。被疑者を特定した」ぼそりとそういった。

「なんですて……」

「大正区の安井工作所や。工員から採った指紋が、切手の指紋とほぼ一致した」

安井工作所——耳に憶えがある。

おいおい、えらいこっちゃがな——樋本は大村の肘をつついた。大村も驚いたようすでこちらを見る。

「被疑者の名前は福島浩一。右手の人さし指の指紋や」

切手に付着していた部分指紋が小さく不鮮明なため、百パーセントの一致とはいえないが、ほぼ間違いないだろうと河内はいう。

「福島に犯歴は」地域課の捜査員が手をあげた。

「ない。運転免許もない。いまのとこ、現住所も不明や」

河内は答えて、「指紋を採ってきたんは樋本主任やったな。説明してくれ」

「了解」いわれて、樋本は立ち上がった。「年齢は三十すぎで、身長は百七十前後。髪は短くて面長。度の強い眼鏡をかけてます」

「福島には、いつ会うたんや」

「今日の夕方と、昨日の昼です。工場は福島と親方の二人だけで、親方の顔は見てません」

「福島の印象はどないや」

「無愛想な男でした。ほかにこれといった感じはなかったです」

「よし、分かった。今後は福島浩一に捜査の焦点をしぼる」

「まず、ヤサの特定ですな」河内班の捜査員。

「府下の全署にさし名照会や。ヤサが判り次第、遠張りと尾行をする。金銭、交遊関係から、共犯の有無まで、福島の身辺を徹底的に洗うんや」

「任同して叩いたらどないです」

「そいつは早い。身柄《ガラ》を引くのはいつでもできる」

指紋は完全に一致しているわけではない。家宅捜索をして茶封筒や原稿用紙を発見しても、同じものが大量に出まわっているだけに、決定的な物証とはなりがたい。マルフジの店員も毒を入れた現場を目撃しておらず、福島が犯行を否認した場合は証拠固めが厄介だという。

「しかし、そうやって泳がせとくのは危ないことないですか。またぞろ青酸を撒《ま》くかもしれません」河内班の係長がいった。

「それこそ、こっちの思うツボや。注射器を使うたり脅迫状を投函したときは、現行犯逮捕できる」

「二十四時間、眼を離せませんな」

「身辺捜査は慎重の上にも慎重を期すること。被疑者はもちろん、そのまわりの人間にも気づかれたらいかん」

「シフトを組み直して、細かいとこをつめますわ」

「明後日の朝刊にエイコーの返事が載る。福島は必ず動くはずや」

河内は低くいって、コクッと首を鳴らした。

羽曳野《はびきの》署からファクスがきて、福島浩一の住所はその日のうちに判明した。

羽曳野市桃山台三丁目の文化住宅『向陽荘』の二階二号室。昭和六十二年三月から居住し、同居人はいない——。

ただちに捜査員五人が羽曳野へ飛び、張り込みと訊込みを開始した。

11

翌二十三日——。

樋本と大村は西区九条の富山薬品商会に出向いて、安井工作所宛の一年分の納品伝票をもらった。営業担当の加藤は福島と口をきいたことがなく、親方の安井からも福島の噂は聞いたことがなかったが、下請の田代という〝分析屋〟が安井工作所のメッキ溶液の比重や構成比を定期分析しているといい、彼なら福島と話す機会も多いだろうと教えてくれた。樋本は加藤に口どめをし、富山薬品商会をあとにした。

「——あった、あれですわ」

西区千代崎。木津川の堤防脇の古びた貸しビルに《田代技研》という袖看板が見えた。いまどきテント張りの玄関庇《ひさし》というのはいかにも安っぽい。

樋本と大村はエレベーターを使わず、階段で三階へ上がった。突きあたりの六号室をノックし、中に入った。

「失礼します。さっき電話した富南署の樋本ですが」

「あ、どうも」田代は茶を飲んでいた。デスクは二つ、電話は一本。磨《す》りガラスの間仕切りの向こうに段ボール箱が山と積んである。メッキ工場とよく似た薬品臭がした。

「早速ですけど、安井工作所の福島さんについて教えてもらえますか」

「わしは月に一回、安井はんとこへ行くだけやからね、福島と喋ることはあんまりないんですわ」田代はいって、半白の髪をなでた。

「どんな些細なことでもけっこうです。話してください」大村がいった。

「なんせ、変わってますな。神経質というか、几帳面というか、メッキ槽に補充した青化や苛性の重量を、こと細かに憶えてるんですわ。そやし、わしが溶液を分析しても、青化と苛性と亜鉛のパーセンテージにほとんど変化はない。一日中、整流器のメーターの前に立ちづめで、ほんまに生真面目な職人ですわ」

「そのほかに……たとえば家のこととか友人関係について話したりしませんか」

「そういうプライベートなことは聞いたことないですな。わしも訊かへんし、あいつも喋らへんから。……ま、福島のことはなにも知らんというた方がよろしいわ」

「田代さんは、安井工作所とは長いんですか」

「もう、かれこれ二十年になるかな、安井の先代からつきおうてますねん」

「ほな、福島が働きだしたんは」樋本が訊いた。

「――昭和六十年ごろでしたかね。ということは、あいつも十年めでっか」

田代はフッと笑って、「職人はわりに気難しいのが多いけど、福島みたいな若いのがひとつところで我慢するやて、なかなかできるもんやおませんで」

「要するに、福島は人嫌いなんですかね」

「かもしれませんな」

「いや、ためになりました。我々が来たことは誰にもいわんようにお願いします」

もう聞くことはない。収穫といえるものはなかった。ドアを開けて廊下に出ようとしたとき、

「あ、刑事さん」と、田代がいう。

「なんです」振り返った。

「あれは去年の夏やったかな。病院で福島を見かけたことがありますわ」

「病院……？」

「阿波座の友成会病院です。わしは血圧の薬をもらいに行ったんやけど、福島が神経科の受付の前に座ってましてね。看護婦に呼ばれて、診察室に入っていくとこを見たんですわ」

「友成会病院の神経科ね……」

「まあ、なんかの足しになったら」

「どうも、ありがとうございました」
廊下に出てドアを閉めた。

新なにわ筋、阿波座交差点を西へ少し歩き、交番の角を左に折れた。友成会阿波座病院は五階建、前に広い車寄せと駐車場を配した、どっしりした構えの総合病院だった。

正面玄関から中に入ると、右に受付、その奥に待合所、四人掛けのベンチシートを十列ほど並べたところに診察待ちの患者が座っている。シートはすべて埋まり、壁際に立っている患者も多い。

神経科の受付を探して、看護婦に手帳を示した。カルテを調べてもらうと、福島浩一は五年前の六月に初診を受けていた。以来、年に二、三回のペースで神経科を訪れている。樋本と大村は担当医の塩見に面会を求めた。

「――どうもお忙しいところをもうしわけありません」
「どうぞ、そちらへ」

椅子を勧められ、樋本は大村と並んで腰を下ろした。塩見のデスクの上にはシャーカステンがあり、頭部CTスキャンのフィルムが吊るされている。左前頭葉の一部に黒い影があるのは脳梗塞患者の映像だろうか。

「さて、どういうことでしょう」

塩見は膝の上で手を組み、にこやかにいった。樋本よりは少し年上、眉に白いものの混じった温厚そうな医者だ。

「患者の福島浩一さんについて、お聞きしたいことがあります」

樋本は切りだした。「漠然とした質問で頼りないんですけど、福島さんの日常とか性格とか、先生の知ってはる範囲でいろいろ教えていただきたいんです」

「なるほど、実に漠然とした質問ですね。……がしかし、私は医師で福島さんは患者です。だから患者のことについてはいっさい答えられません」

塩見の反応は予想どおりだった。医者の守秘義務というやつだ。

「先生のおっしゃることは、よう理解してます。しかしながら、ある意味ではもっと多くの人命にかかわる事情があるとしたらどうでしょうか」

「ほう、どんな事情です」

「すみません。いまはいえんのです」

「じゃ、ぼくもノーコメントです」

「症状だけでも教えてもらえませんか」

「だめですね。残念だけど」

埒《らち》があかない。粘ってどうこうなるような感じでもない。

「そうですか……」樋本は腰を浮かせた。

「計算症ですよ」ひと言、塩見がいった。

「福島さんの症状は神経科の領域じゃない。……そう、心の病気です」

「は……？」

「計算症て、なんです」

「お引きとりください。これ以上はいえません」

塩見は低くいって、かぶりを振った。

「計算症ね。なんと珍しい症状やな」

科捜研の心理鑑定官、川路清は煙草を吸いつけていった。「――強迫神経症の一種で、ほかにも疑惑症とか穿鑿《せんさく》症、尖端恐怖、不潔恐怖、密閉恐怖、疾病恐怖、赤面恐怖と、いろんな種類がある。……人は誰でも強迫と恐怖傾向をもってるもんやけど、それが度を越すと日常生活に支障をきたすようになる。たとえば疑惑症というのは、自分の行為を病的に点検するもので、手紙を書いたときなんかは、字が間違うてないか何度も読み返す。それでも不安で封筒に入れられへん。ようやく封をしてポストに入れたら、ほんまにちゃんと入ったんかいなと、ポストのまわりを点検する。それで封筒が外に落ちてないことを確認しても、ポストの途中にひっかかってないか気になって仕方ない。理性では封筒がポストの中にあることを認めながら、理由もなく不安にかられるんや」

「へーえ、なかなかおもしろい病気ですね」大村がいった。

「病気を、おもしろいというのは不謹慎やで」

川路は顔をしかめて煙を吐いた。彼の専門はポリグラフで、年がら年中、被検者に対する質問を作成している。的外れな質問をすれば出る反応も出なくなるから、検査官はエキスパートでないと勤まらない。

「で、計算症というのは」樋本が訊いた。

「天井板とか窓の桟とか、眼に入ったもんは数えずにいられへん。数えんと苦悶に耐えられんから、あほらしいとも病的やとも自覚しながら、気のすむまで数えてしまう。……たとえば囲碁や将棋をしたら、盤の目ばっかり数えてゲームをしてることは忘れる。ビルを見たら階数と窓を数え、橋を見たら橋脚と欄干を数える。目新しいものを見ると数えてしまうから、あんまり街には出えへんし、毎日決まったコースを動いて日常生活に変化をつけたがらん。他人がみると、ちょっと変わってるなという程度やけど、本人は相当に苦しんでるはずや」

川路の言葉を聞きながら、樋本は福島を思い浮かべていた。樋本の胸元をじっと見つめていたあの視線は、ネクタイの縞を数えていたのだろうか。

「すると、数えられんものはどうなんです。飯粒とか畳の目とかは……」と、大村。

「計算症は強迫神経症であって、精神が分裂してるわけやない。そやし、数えられへんと分かってるもんは最初から数えへん」

「数えた結果は憶えるんですか。それともすぐに忘れるんですか」

「計算症にもタイプがあって、数える端から忘れるのもいれば、逐一メモをするのもいてる。ばかばかしい価値のないことをしてると自覚してるからこそ、それを記憶することに意義を見いだそうとする。四《し》や九《く》といった数字の意味にこだわるのもいれば、無関心なのもいる。……共通するのはものを数えるという強迫観念だけで、あとは千差万別や」

「たとえば原稿用紙に字を書いたら、枡目にぴっちり収めますかね」

「それは単なる癖やろ。計算症とは関係ない」

「計画とか仕掛けは緻密ですか」

「資質や才能との関連性はない」

「計算症の人間が身代金奪取の方法を考えたら？」

「そんなことは分からん。工場へ行って福島に訊いてみい」

川路は笑い声を上げた。

隣の学生の部屋に女が来た。九時をすぎたのに、まだ話し声が聞こえる。

福島は文庫本を傍らに置いて、電話をとった。ダイヤルボタンを押す。七回のコールで、つながった。

――もしもし。

こちらは喋らない。通話口を掌でふさいでいる。

――もしもし。

ばかが話しかけている。間抜け面が見えるようだ。

――誰や、こら。

誰でもいいだろう。

――あほんだら。

学生は捨てぜりふを吐いて電話を切った。話し声はやみ、急にテレビの音量が大きくなった。

12

そして五日――。

状況に変化はない。福島の遠張り、尾行には十人の捜査員が投入され、常時ふたり以上が張りついている。

二月二十四日の朝日新聞朝刊、尋ね人欄に〔春夫、みんな解決した。連絡待つ〕の広告は掲載された。にもかかわらず、福島は動かない。朝は桃山台三丁目から六時四十分発のバスに乗って藤井寺へ行き、六時五十八分発の準急に乗る。七時四十分には工場に到着して八時から仕事を始め、昼はきっちり一時間の休憩をとって、午後五時には終業する。このタイムスケジュールがずれたことは一度もない。

経営者の安井は材料の引き取りや製品の配達で、事務所にいることはあまりなく、工場のことは福島に任せっきりらしい。昼食も福島といっしょには食べないようだ。

仕事を終えると、福島は五時十分ごろ工場を出て、大正駅近くのガード下にある居酒屋に寄り、ひとりで四十分ばかり飲んでから、大正、天王寺、阿部野橋、藤井寺、桃山台といったルートで帰宅する。藤井寺駅前のコンビニエンス・ストアで弁当を買って帰るのは、家で食事を作ることがないからだろう。

福島の身辺捜査は進んでいる。

福島浩一は昭和三十五年十一月、堺市三国ケ丘で生まれた。府立鳳《おおとり》高校を卒業後、二年浪人したが進学せず、双葉食品工業に就職して八尾工場の検品課に配属された。仕事ぶりはまじめだったが、職場の人間関係はうまくいかず、親しい同僚はいなかった。資材課への配転を内示された昭和六十年九月に双葉食品を退職。同年十一月、安井工作所に就職した。

福島の家族は両親と姉が二人。どちらも結婚して、長女は岸和田、次女は千葉に住んでいる。福島は昭和五十六年五月から東大阪市菱江のアパートに居住し、六十二年三月、羽曳野市桃山台に移った。向陽荘の住人や近所の人とのつきあいはなく、部屋を訪れる友人もいない。

鳳高校のクラスメートや双葉食品の同僚によると、福島は、話しかければ受け答えはするし話題も豊富なのだが、決して打ち解けようとはせず、人がそばにいるとそわそわしはじめて、いつのまにか姿が消えている。孤独を苦にするふうはまるでなく、たえず本を読んでいて、動物の生態とか考古学、民俗学に関することは異常に詳しかったという。福島の計算症には誰も気づいていず、いつ発症したかは定かでない。

空が暗くなり、フロントガラスに水滴がはじけた。

「雨ですね……」

「ああ、雨や」

「福島の傘、どんなんやろ」

「たぶん黒無地や。模様があったら数えてしまう」

樋本は双眼鏡を膝に置いた。大村とふたり、安井工作所から五十メートルほど離れた月極駐車場にライトバンを駐《と》め、車内から福島を見張っている。福島は三分半ごとに材料をバレルに入れるから、そのたびに作業着の背中が見える。

「福島の買う服、みんな無地ですかね」

「さあな。……ガサ入れしたら分かるやろ」

「こんな七面倒な遠張りなんかせんと、さっさと向陽荘の捜索をしたらよろしいねん。河内のおっさん、ちょっと慎重すぎるのとちがいますか」

「わしはそうは思わんな。部屋に脅迫状の下書きとか注射器があったら有無をいわさずに引っ張れるけど、福島みたいな神経の細かいやつは、きっちり処分しとるかもしれん。まして青酸を見つけても、あいつはメッキの職人やから、決定的な証拠にはならへんがな」

「理屈では分かってても、泳がせとくのは気分がわるい」

「養殖の魚や。網はいつでも絞れる」

時計に眼をやった。定時連絡の時間だ。ついでに小便がしたい。

樋本は駐車場の通用口から裏の通りに出た。バス通りまで歩いて、NTTの営業所へ。トイレを借りてから、電話をかけた。

——はい、捜査本部。

石川の声だ。

——樋本です。

――おう、福島はどうしてる。

――機嫌よう仕事してますわ。

――さっき、犯人から電話がかかった。エイコー淀川店の店長に。

――えっ、なんですて……。

――十二時三十八分。かすれたような男の声で、〝二十四日の尋ね人欄を確認した。今日、閉店後、取引をする。一億円を黒いデイパックに詰めろ。デイパックは食料品売場の麻谷という女子社員に背負わせること。私は麻谷の顔をよく知っている。妙な真似はするな。命令に従わない場合は容赦しない。閉店前にまた電話をする。青酸は大量に残っているから念のため〟と、こういうこっちゃ。

――犯人の声、録音したんですか。

――まさか、電話がかかってくるとは思ってへんがな。いま、鑑識がテープレコーダーをセットしてる。

――淀川店に麻谷という社員はおるんですか。

――おる。去年入社した新人や。本人は名指しされて怯《おび》えてる。

福島は淀川店の下見をし、そのときに麻谷のネームプレートを見たのだろう。

――それより、十二時三十八分に、福島はなにをしてた。

――昼休みやし機械を停めて、工場で弁当食うてたはずです。

——電話をかけるとこは。

——見てません。わしらの位置から工場の奥までは見えんのです。

——よし、分かった。一分たりとも福島から眼を離すな。もし工場を出るようなことがあったら、地獄の底まで尾けていけ。あと二人、今村と尾崎をそっちへまわす。

——了解。橋田に知らせます。

受話器を置き、樋本はNTTを出た。バス通りから二筋め、一方通行路を東に入って安井工作所を迂回し、駐車場とは反対側の四つ角へ。自動車修理工場の塀際に白のカローラが駐められ、中に捜査員がふたりいる。こうして安井工作所をはさむ二地点から福島を見張っているのだ。

樋本の姿をみとめて、助手席の橋田がサイドウインドーを下ろした。

「――なんです」

「十二時三十八分、淀川店に電話がかかった――」

樋本は説明をはじめた。


五時八分、福島が現れた。工場のシャッターを閉め、施錠して、傘をさす。黒っぽい無地のジャンプ傘だ。

「よっしゃ、行くぞ」尾行を開始した。樋本と大村の傘は折りたたみだ。少し離れて後方に橋田たち四人がいる。

福島は大正駅へ歩き、改札を抜けた。今日は居酒屋には寄らない。樋本は手帳を使わず、切符を買って改札を通った。

五時十九分の内まわり環状線で天王寺。駅はかなり混雑しているが、福島はまっすぐ前を向き、同じペースでゆっくり歩く。地下を通って近鉄阿部野橋駅に出た。

「なんや、あいつ、家に帰るつもりか」

「どうも、そうみたいですね」

「淀川店の閉店時間は」

「八時です」

「まだ仕掛けるには早いということか」

「さあ、なにを考えとるんやろ……」

福島は改札を通った。四番ホームで準急を待つ。肩に提げた黒のバッグから文庫本を出して広げた。面の割れていない橋田たちは福島から二十メートルほどの距離をとって列の後ろに並び、樋本と大村はそこからまた二十メートル離れている。

準急がホームに入って、福島は乗った。樋本と大村は乗客に紛れて隣の車両に乗り込む。電車はすぐに満員になって、福島の姿は見えなくなった。

「どうします」

「動くのはヤバい。橋田や今村に任せよ」四人の捜査員は福島のそばにいる。

準急は発車し、十分ほどで松原駅に着いた。半分近い客が降りて、連結部の窓越しに福島のダウンジャケットが見える。吊り革を握って、しつこく文庫本を読んでいた。

「あいつがあんなふうに本を読むわけ、分かるような気がするな」

「は……？」

「よそ見をしたら、数を数えなあかんもんが眼に入るやないか」

福島が高校生のころから本ばかり読んでいたというのも、そこに理由があるのかもしれない。「わし、あいつが神経科へ行ったんはぎりぎりの決心やったと思う」

「やっぱり、つらいんでしょうね」

「人はそれぞれや」

五分後、福島は藤井寺駅に降りた。南口へ出て、駅前のコンビニエンス・ストアに入る。ガラス越しに弁当とスナック菓子を買うところが見えた。

「こいつはいよいよアパートに帰るつもりやぞ」

福島は白いポリ袋を提げて出てきた。桃山台行きの停留所に並ぶ。後ろに橋田たち四人がついている。

「同じバスに乗るわけにはいきませんね」

「わしらはタクシーや」

樋本はタクシー乗り場へ向かった。

13

雨はほとんどやみ、少し風が出てきた。冬枯れた桜並木の土手。その土手に沿って住宅が建て込み、そこだけぽっかり空いたゲートボール場の横に向陽荘はある。敷地七十坪ほどのこぢんまりした二階建のアパートで、赤い屋根瓦と白い外壁、薄茶のブロック塀がひどくアンバランスだ。

福島は二階二号室に入ったきり出てこない。樋本と大村は向陽荘の東側、橋田と鈴木は西側を張って、あとの二人が裏の土手をかためている。

「――何時や」

「七時五十分」

「くそっ、なにしとるんや」

「電話してるんですかね、淀川店に」

「まさか、自分の部屋から電話せんやろ」

七時、大村が捜査本部に連絡を入れたときは、淀川店に電話はかかっていなかった。

「けどあいつ、どういうつもりなんやろ。ここから淀川区へは一時間半もかかりますよ。

免許も車もないくせに悠長なやつや」

「こいつはわしのカンやけどな、福島は今日、動かへんで」

「というのは」

「今日の電話は顔見せ。明日が本番や」

「金を奪《と》る方法は」

「福島には足がない。そやし、金は口座を指定して銀行に振り込ませるんやと思う。わざわざデイパックを用意させたところが、かえって怪しい」

「金は振り込まれても、どないして引き出すんです」

「さて、そこまでは分からんな。二、三百万も引き出したときには、キャッシュコーナーの前にパトカーが停まってる」

「いっそ、その方がよろしいわ。取引の現場で注射器振りまわしよったらかなわん」

大村はコートの襟をかきあわせた。

付近に人通りはなく、車も通らない。郊外の住宅地の夜は早い。

八時五十五分、ポケットベルが鳴った。

樋本は大村を残して公衆電話ボックスへ走った。遠く坂の上に月が出ている。一度、周囲を見まわしてからボックスに入った。

——もしもし、樋本です。

——犯人を逮捕した。

いきなり、石川がいった。

——えっ……。

——犯人を逮捕したんや。

——福島は部屋におるはずやけど……。

——ちがう。安井や。工作所の経営者や。

——そんなあほな……。

——聞け。質問はそれからや。

七時七分、エイコー淀川店に「春夫」と名乗る男から電話がかかった。交換手は店長につなぎ、録音と逆探知が開始された。

男は店長に、一億円と麻谷を車に乗せて、新御堂筋を北へ走れといった。阪急箕面駅前のロータリーで次の指示を待てという。店長は打合せどおり、女子社員を運び役にはできないといい、自分が代役をすると主張した。男はしつこく脅し文句を吐いたが、店長は突っぱねる。押し問答の末に男が折れて、店長ひとりが金を運ぶことになった。男は店長に携帯電話を持てといい、その番号を聞いた。

通話時間は六分三十秒。逆探知によって、電話は箕面・池田局内の公衆電話からかけられたことが判明した。河内は府警本部に要請し、箕面市、池田市を中心とする北摂地域に緊急配備態勢を敷いた。

七時二十三分、クラウンのステーションワゴンが淀川店を出た。体型が店長に似た河内班の松井が運転をし、店長は後部座席に隠れた。十二人の捜査員が四台の車に分乗してクラウンを追尾する。

七時四十八分、箕面駅着。ロータリー周辺を捜査員が固める。

八時十分、電話。男は店長に、金を持って箕面公園へ歩いて行けといった。店長は了承し、松井が車外に出た。松井は拳銃を腋下に吊り、デイパックを背負って歩きだした。箕面公園へは一本道で、まがりくねった急坂がつづく。人通りはまったくない。捜査員たちは百メートル以上離れて松井を追った。

八時十八分、箕面川をまたぐケーブルカーの駅にさしかかったとき、上方からヘッドライトが近づいてきた。車は松井のそばで急停止するなり、運転席から男が顔を出して、バッグを寄越せと叫んだ。松井はデイパックを肩から外し、男は腕を伸ばしてくる。瞬間、松井は男の手首をつかみ、全体重を込めて後ろに引いた。男は悲鳴をあげ、窓から外へころがり落ちた。そこを松井は逆手にねじ上げる。捜査員たちが走ってきて男を押しつぶした。

——手錠をかけて名前訊いたら、あっさり答えたそうや。安井昭雄です、とな。

――安井はどこです。

――いま、富南へ護送中や。到着次第、本格的な調べをする。

――動機は、安井の動機は。

――安井工作所は倒れかけてるらしい。バブルがはじけて建築資材がさっぱりやし、プラントも動かん。そこへ韓国、台湾製のボルト、ナットが急増して、追い討ちをかけた。安井は六千万近い借金を抱えてる。

――あの切手の指紋はどういうことです。

――安井もわけが分からんようや。脅迫状はみんな、福島が帰ったあとに工場の事務所で書いて切手を貼ったというてる。

――切手は福島が買うたんですか。

――安井が買うて、レターケースに入れてた。

――分かりました。とにかく、本部へもどります。

――いや、向陽荘に張りついとけ。福島が共犯である可能性が消えたわけやない。

――けど、係長……。

――もうええ。あとは明日や。


カーテンの隙間から外を見た。生垣の陰で赤く光るのは刑事の吸う煙草だ。

今日も刑事がおれを尾けていた。一日中、おれを監視している。おれは疑われているのかもしれない。しかし、なにを疑われているのだろう。

……ま、そんなことはどうでもいい。

ダイニングチェアに腰を下ろして、ランチョンマットをテーブルの右と左に敷いた。帰りに買ったポテトチップの内容量は八十五グラム。

ペティナイフで袋を斜めにカットし、ポテトチップを一度に十枚ずつ出して、赤いマットの上に並べていく。

参考文献　塩入円祐『精神医学ハンドブック』日本文化科学社

黒い白髪

1

「なんやて、坊主と葬儀屋が喧嘩したてか」

さもおかしそうに肩を揺すって種谷《たねや》がいった。「それで、どないした」

「坊主が五番アイアンで葬儀屋の頭を殴ったんです。葬儀屋は病院に担ぎ込まれたけど、頭蓋骨にひびが入って、三ヵ月の重傷です」

坊主は堤町の良観寺の住職で、飯田博道《はくどう》、四十二歳。

葬儀屋は永松晋《すすむ》、三十八歳。真泉社《しんぜんしゃ》という店が枝川町にある。

「しかし、ゴルフクラブとは物騒やな」

「ふたりで良観寺の近くの練習場に行くつもりやったらしいですね」

「全治三ヵ月いうても、つまりは身内の喧嘩やろ。なんで一係が出ないかんのや」

「それが、現場に……良観寺の本堂に金が落ちてたんです」

「ほう、なんぼや」種谷は煙草を吸いつける。

「百万円の束が二つです」

私も一本もらって火をつけた。「あと、永松のポケットにも二つ入ってました」

「なんと、四百万やないか」

「こいつはどうもわけありやということで、外勤から報告があったんですわ」

「よっしゃ。飯田はどこにおる」種谷が腰を浮かした。

「良観寺です。飯田も永松に殴られて、怪我してるみたいです」

「鑑識は」

「現場に入ってます」

椅子の背にかけた上着を手にして立ち上がり、種谷といっしょに刑事部屋を出た。

私の運転で中央環状線を西へ向かった。

倉石の交差点を左に折れて、旧街道を一キロほど行ったガソリンスタンドの裏に良観寺はあった。敷地は二百坪、まわりにブロック塀をめぐらせた、こぢんまりした寺だった。白いモルタルの建物の北側が砂利敷きの駐車場で、そこに黒のＢＭＷと、ボディーの側面に〔真泉社〕と書かれたライトバン、地域課のカローラ、鑑識のワンボックスワゴンが駐められている。私はＢＭＷとライトバンのあいだに車を乗り入れた。

種谷は車を降り、ライトバンのリアウインドーを覗《のぞ》きこんで、

「うん、ゴルフバッグとシューズバッグが積んである」

「種さん、ゴルフは」

「むかし、友達からクラブをもろた。二ヵ月ほど打ちっ放しに通うて、それきりや」

種谷は振り向いてＢＭＷを見る。「この車、ええ値段やろ」

「〝３２５〟やから、五百万くらいですかね」

「寺というのはけっこうな商売でんな」

種谷と私は門をくぐった。小さな池に鯉が泳いでいる。玄関右横の壁に〔新日本ジュエリー協会　鑑定士　飯田博道〕という真鍮《しんちゅう》の表札が取り付けてあった。

「なんじゃい、これは。坊主が宝石の鑑定かい」

「種さんはお寺さんが嫌いみたいですね」

「寺や坊主だけやない。わしは香典も祝儀も、冠婚葬祭みんな嫌いや」

種谷がインターホンのボタンを押した。女の声で返事があり、少し待って格子戸が開いた。髪をひっつめにした、眼の細い女だった。

「田出井《たでい》署刑事課の種谷といいます」

「柿本です」頭を下げた。

「どうも、お世話をかけます」

女も頭を下げ、飯田佳子《よしこ》と名乗った。派手なピンクのセーターと黒のタイトスカートがアンバランスな印象を与える。

「お入りください。主人は応接間で……」

「いや、その前に、奥さんにお聞きしたいことがあるんですわ」

種谷がいった。「ほんのちょっとだけ。立ち話でけっこうです」

「はあ……」佳子は不安げな面持ちで玄関先へ出てきた。

「まず、家族構成から教えてもらえますか」

「主人と私、娘がふたりです」

長女は高校二年生、次女は中学三年生で、いまは学校に行っていると佳子はいう。

「ほな、娘さんには」

「ええ。……知らせてません」

私は腕の時計に眼をやった。午後二時十分、まだ授業中だ。

「ご主人が永松さんと喧嘩したとき、奥さんは家にいてはったんですか」

「台所です。お昼の用意をしてました」

「喧嘩に気がついた時間は」

「十二時ちょっと前やったと思います」

「どうして気がつきました」間をおかず、種谷は訊く。

「お堂の方から怒鳴りあうような声が聞こえたんです。コンロの火を消して、走っていきました」

佳子が本堂に入ったとき、飯田は手にアイアンを握りしめ、須弥壇《しゅみだん》にもたれかかって鼻から血をしたたらせていた。虚《うつ》ろな視線の先に永松がうつ伏せになって倒れている。永松は腕を腰の両脇に這《は》わせてぴくりともせず、ジャケットの襟元と周囲の畳が鮮血に染まっていた。

「私はへなへなとなって、その場に座り込みました。永松さんは死んでると、そう思ったんです。それで、ハッと我にかえって主人を揺り動かしたんですけど、ぼんやりしたまま、ものもいいません。ころがるように本堂を出て、一一九番しました」

「すると、通報してから、ご主人とは話をしてないんですか」

「ひとことも口をきいてません。救急車やパトカーが来て大騒ぎやったし、そんな余裕はありませんでした」

「本堂には札束が落ちてたそうですな」

「それはあとで知りました。永松さんの体の下にあったと、警察の人が教えてくれたんです。……そう、主人のお金と違います」

「なんで、そんな大金を永松は持ってたんですかね」

「分かりません。他人《ひと》のお金です」

佳子の口調に変化はない。嘘はいっていないようだ。

「永松さんは何時に寺へ来たんです」

「十一時半ごろでした」

真泉社は五年ほど前に営業をはじめた新しい葬儀社だと佳子はいい、ときおり永松は飯田を誘いにきてゴルフの練習に行くとつけ加えた。

「おふたりがいっしょにコースをまわることはあるんですか」

「今年は春にいっぺんだけでした。永松さんとは仕事のおつきあいで、そんなに親しい仲ではありません」

「ご主人の仕事というのは、葬式で読経することですな」

「枕経《まくらぎょう》、お通夜、お葬式、斎場と、普通は二日間に四回お経をあげて、戒名のない方にはおつけします」

「葬儀は檀家の人だけやないんでしょ」

「うちは檀家が少ないから、ほとんど葬儀社から紹介してもらいます」

「真泉社からの依頼は、年に何回ほど？」

「だいたい、四、五件です」

「これは聞きにくいけど、葬儀一回につき、お布施はいくらぐらい入ります」

「それは……」一瞬、佳子は口をつぐんだが、「刑事さんのお給料の半分もないと思います」

「お寺さんが葬儀社を通してお布施をもらうようなことは」

「ありません。お布施は遺族の方から直接いただきます」

「ご主人は宝石の鑑定をしてるみたいですね」

「はい。副業で」

「売買は」

「鑑定だけです。……お客さんの紹介はしますけど」

「永松さんが宝石のセールスをすることはないんですか」

「聞いたことありません」

「ほな、永松さんとご主人のあいだで、金のやりとりはなかったわけや……」

種谷はつぶやくようにいって、「いや、どうもありがとうございました」

「――あの、刑事さん」

「なんです？」

「主人はどうなるんでしょうか。まさか、警察の厄介に……」

「それは、はっきりしたことはいえません。素手の殴りあいならまだしも、ご主人がクラブを振りまわして相手に重傷を負わせたんやから、ひょっとして傷害罪に問われる事態もなくはないけど、ま、今後の調べでどうころぶか分かりませんわ」

種谷は言葉を濁す。さすがに、殺人未遂の可能性もあるとはいわなかった。

「そやし、我々はご主人に事情を聞きます。案内してください」

「分かりました。どうぞ、こちらです」

佳子は力なくうなずいて、背中を向けた。


種谷と私は玄関に入った。広い式台の正面にすすけた衝立《ついたて》。なにやら字が書いてあるが、読めない。三和土《たたき》に安物くさい靴が並んでいるのは、地域課と鑑識の連中だろう。

佳子に指示されて、廊下の右側、応接室のドアを引いた。十畳ほどのフローリングの床に緞通《だんつう》が敷かれ、中央に応接セットが置かれている。ガラステーブルをはさんで、手前に地域課の安藤と小西、向かいに濃いグリーンのカーディガンをはおった小柄な男が座っていた。左の眼尻と頰に絆創膏《ばんそうこう》を貼った男は膝の上に組んだ手をじっと見つめて、顔を上げようともしない。ぽつりぽつりと、しわがれた声で安藤の質問に答えていた。

「——いえ、憶えていないんです」

「しかし、それでは説明になりませんがな」

「頭が痛い。目眩《めまい》がします」

「さっきもそういうて、休んだばっかりでっせ」

いらだたしげな安藤の口調は、かなり手こずっているようすだ。

種谷と私はソファに座らず、壁に寄りかかってやりとりを聞く。

「大のおとなが殴りあいをするのは、それ相応の原因があるはずでしょうが」

「だから、何度もいってるじゃないですか。……永松くんが、最近、スイングが安定しないというものだから、ぼくのクラブを使ってチェックしていたんです。そのうちに、ここがわるい、そこが下手だ、あんたにいわれる覚えはないと、妙に感情的になってしまった。あげくに、彼がクラブを放り出して足で蹴ったから、ぼくは拾えといったんです。そのときに彼の肩口をつかんだかもしれない。突然、殴りかかられて、あとはなにも覚えてません」

「しかし、寺の本堂でゴルフのスイングとはね」

「天井が高いでしょう。……庭で練習すると、裏のマンションのおばさん連中に見られます。昼間っから遊んでばかりいるようで、あまり褒《ほ》められた風景じゃない」

飯田のものいいには起伏がなく、永松に対する謝罪とか、悔恨といったニュアンスは感じられない。

「ちょっと、すんませんな」

種谷が口をはさんだ。飯田に向かって、「永松さんが札束をポケットに入れてたこと、知ってましたか」

「知りませんよ、そんなこと」飯田は俯いたまま、小さくかぶりを振った。

「けど、これからゴルフの打ち放しに行こうという人間が、四百万もの金を持ち歩きますかね」

「それは永松くんに都合があったんだ。本人に聞けばいいでしょう」

「集中治療室に入ってて、事情を聞ける状態やないんですわ」

「——正当防衛ですよ」

「はっ……？」

「先に手を出したのは永松くんだ」飯田はソファに背中をもたせかけて目をつむった。

これはあかん——というふうに種谷は肩をすくめ、私をうながして応接室を出た。

「あの坊主、食わせ者《もん》やな」

「ワルですね」

「本堂でスイングのチェックやて、ちゃんちゃらおかしい。永松は上着も脱がずに素振りをしたんかい」

「それも、札束四つも内ポケットに詰めたままでね」

「わしゃ、怒鳴りつけそうになったけど我慢した。あわてて斬り込むこともない」

「いずれ、永松が吐くでしょ」

「化けの皮を剝《は》がしたる」

「飯田の身柄《ガラ》は」

「もちろん、引く。本署で絞める」

廊下の突きあたり、ガラス戸の向こうが広縁になっていた。そこから別棟の本堂へ渡る。そう広くもない堂内は金箔仕上げの須弥壇、プリント合板の格子天井、漆喰《しっくい》風のクロス壁に装飾柱を張りつけた舞台の書き割りのような空間で、簡素とか荘厳といった雰囲気はまるでない。

鑑識課の笹野が須弥壇の前にかがみこんで、血の染みついた畳の一部を薄刃のナイフで切り取っていた。

「どないや、なんぞあるか」

「なにもない」笹野は種谷を振り仰いだ。「侵入逃走の形跡なし。注視すべき痕跡《こんせき》なし。抹香のにおいがうっとうしいだけや」

「得物のアイアンは」

「ゴルフバッグや札束といっしょに署へ持って帰った。指紋と血痕を採る」

笹野は種谷より二期上だが、おたがい四十半ばの巡査部長だから遠慮のない口をきく。

「笹やんはゴルフするんか」

「する気はあっても金がない」

「娘さんの結婚、いつやったかいな」

「来月や。十月の十七日」

笹野は立ち上がって腰をたたく。「そんなことより、永松はなんで大金を持ってたんや」

「それはまだや。きっちり外濠《そとぼり》から埋めていくがな」

種谷も腰をたたいて、大きく伸びをした。

2

午後三時三十分、種谷と私は飯田を車に乗せて署へ帰り、係長の五十嵐に経過を報告した。捜査一係は、半月前、泉北緑風台で発生した特定郵便局強盗事件に人員をとられており、その捜査の目処《めど》がつくまで、『良観寺致傷事件』は種谷と私、主任の山越の三人が担当することとなった。

飯田の身柄を五十嵐に預けて、種谷と私は枝川町の真泉社へ向かった。

「くそっ、たった三人の専従捜査とは思わんかったな」

「地域課から連絡がきたとき、部屋におった不運です」

「わしは地下の食堂で飯食うてたがな」

「ぼくは朝から何も食うてないんでっせ」

「すまじきものは宮仕え。安月給で、ようやるわい」

種谷は大阪弁でいう〝文句たれ〟だ。職人肌で粘り強い捜査をするが、いつも一言多いために上から睨《にら》まれる。本人は昇進などする気はないといいながら、試験の前は寝不足で蒼《あお》い顔をしている。種谷とコンビを組むことはめったにないし、親しいつきあいもしようとは思わないから、プライベートな生活は知らない。

「――去年の夏、うちの親父が死んだ」

種谷は助手席のウインドーを下ろして、煙草に火をつけた。「葬儀社に払うたんが二百万。坊主には、お布施と院号で百万の金を渡したがな」

「地獄の沙汰も金次第ですか」

「坊主も葬儀社も、目くそ鼻くそ。わしにいわせりゃ、葬儀社のほうがまだ良心的や。あれこれ動きまわって人生最後のセレモニーを演出しとる」

「人間、生きるのも死ぬのも楽やないですね」

「死んだあとのことなんぞ知ったこっちゃあるかい。わしゃ自分の葬式はしていらん。ひと晩だけ飲んで騒いで、灰を故郷の海にまいてくれたらそれでええ」

種谷くらいの年になると、そんなことを考えるのかと思った。私は独身で両親も健在だから、実感がない。

「腹減ったな、え」

「うどんでも食いましょ」

歩道橋の向こうに赤い提灯が見えた。


枝川町に着いたのは五時少し前、建売住宅と賃貸マンションが軒を接する住宅街の一角に真泉社はあった。古びた棟割長屋の一軒を改装して、事務机二つとファイリングケース、間仕切りの奥にソファとテーブルを置いただけの殺風景な事務所だった。

「どうぞ、おかけください」

白髪を短く刈り上げた初老の男は愛想よくいって、ソファに腰を沈め、葛西《かさい》喜一郎と名乗った。「いま、病院から戻ってきたばっかりですねん。社長は酸素マスクをあてられて、ずっと眠りつづけ。ものいえる状態やおません。医者は命に別状ないというけど、そんなもん、頭にひび入ってんのやし、安心できまっかいな。親方ひとり番頭ひとりの零細企業やさかい、ほんまに大変でっせ」

大変でっせ、というわりには、身振り手振りをまじえてにこやかに喋《しゃべ》る――。

「おーっと、気がつかなんだ。ビールでも飲まはりまっか」

「すんません、職務中です」

「ほな、コーヒーでよろしいな」

我々の返事も待たずに、葛西は青いニットシャツの胸ポケットから携帯電話を取り出して、喫茶店にブレンドを三つ注文した。この男、少々変わっている。葬儀社の社員はいつも黒いスーツを着た慇懃な人物だろうと、こちらは勝手に思い込んでいた。

「さ、なんでも答えまっせ。遠慮のう質問してください」

葛西は電話を切り、向き直って膝をそろえた。

「コーヒーを注文するのに携帯電話ですか」どうでもいいことを種谷が訊いた。

「電話だけは片時も離されへんですわ。繁盛時《はんじようどき》は風呂の中にまで持って入りまっせ」

「繁盛時て、なんです」

「人間はね、月の欠ける日の、潮の退《ひ》くときに息をひきとりますねん。そやし、そのころはいつ病院から連絡があってもええように、スタンバイしとくんです」

「へーえ、不思議なもんですな」

「自然の摂理ですがな」

「最近は病院で亡くなる人が多いみたいですね」

「だいたい、婦長さんから電話があるんです。わしらは霊安室へご遺体をもらいに行って、担送車で自宅へ運ぶ。坊さんに枕経をあげてもろてから、ご遺体を拭き、詰めものをして、ドライアイスといっしょにお棺に納める。それから祭壇を作って、お通夜をするというのが、一連の流れでんな」

「詰めものというのは、鼻や口に？」

「そう、体中の穴に詰めまっせ。病院によったら看護婦さんが詰めてくれるとこもあるけど、死んでから時間の経ったご遺体は、鼻や口から鼻水みたいな汁が出ますねん。これが、ほんま、強烈な臭いで、特に肝硬変なんかで亡くなった人は、めちゃくちゃにくさい。そやし、わしらはご遺体の臭いで、死因を当てることができるんでっせ。それに、ほれ、今年の春、鍛冶野町のアパートで独り暮らしの老人が死にましたやろ。風呂の中で心臓が停まってしもて……」

「そういや、そんなことがありましたな」

「警察の検証と検視のあと、ご遺体の引き取りに行ったんが、わしですがな。医者は死亡診断書を書くだけでええやろけど、あんな腐りかけの死体を処理するのはかないまへんで。このごろはテレビで法医学ミステリーてなもんが流行《はや》ってるのに、いっぺんぐらい葬儀屋を主人公にしたらどないですねん。え、そうは思いまへんか」

葛西は実によく喋る。内容にとりとめがないから、いらいらしてくる。

「さて、そろそろ本題に入りたいんですが……」

種谷が葛西の饒舌《じょうぜつ》をさえぎった。「まず、真泉社の概要から教えてもらえますか」

「概要て……うちはこのとおり、親方と番頭だけでやってる、しがない葬儀社ですわ。社長はむかし葉島町の『花金』で葬儀社相手の営業をしてたんやけど、いっそ花屋よりこっちの方が儲《もう》かるいうて、五年前に真泉社を設立した。わしはそのとき社長に誘われて、某葬儀社からここへ転職しましたんや」

「葬儀社に許認可はあるんですか」私が訊いた。

「そんな気のきいたもん、要りまっかいな。おたくみたいなもの寂しい顔は葬式の司会にぴったりや。一年ほど修業したら開業できまっせ」

言葉につまった。どう応じたらいいか分からない。

「しかし、葬式の司会進行というのは、かなりの技術でしょ」種谷がいった。

「大したことおまへん。亡くなった人の性別とか年齢によって、口上に五つほどのパターンがあるさかいに」

「泉北市に、葬儀社は……」

「十五軒ですな」葛西は小指で耳をかきながら、「泉北市の人口は十二万人。年間八百人が亡くなって、そのうちの一割が市営葬儀やさかい、あとの七百二十件を十五の葬儀社で分ける勘定になりますわ」

「それで、真泉社は」

「うちは二十五件から三十件でんな」

「仕事はどうやってとるんです」

「さっきいうたように、病院にこまめに顔を出して、婦長さんや看護婦さんと仲ようなっとくんです。職員旅行や運動会には寄付をするし、私立病院の場合は理事や事務長に謝礼を渡す。それともうひとつ、町会の世話役にも接待を欠かしたらあきまへん」

「葛西さんは、そういう営業に向いてるみたいですね」

「そうでっか。そういわれると、うれしいでんな」

葛西が高笑いしたとき、表の戸が開いて、ミニスカートの女の子が入ってきた。ポットを載せたトレイを持っている。

「ああ、玲ちゃん、えらいすんませんな。やっぱり脚のきれいな子は短いスカートが似合う。はいはい、お釣りはけっこうでっせ」

葛西は千円札を渡してトレイを受けとり、女の子はお尻を振りながら出ていった。

「さすがに、愛想よろしいな」と、種谷。

「そら、あんた、口と愛想はただやさかいね」

葛西はカップにコーヒーを注ぎ分け、私たちに差し出した。「あの子には親もおるし、爺さん、婆さんもいてますやろ。いつお得意さんになるや分かりまへんがな」

なるほど、多少の説得力はある――。

「葬儀費用の半分は利益やそうですな」

「ほう、誰に聞きました」

「去年、親父が亡くなりましてね」

「傍《はた》から見たらそうかもしれんけど、営業、接待の経費が大きいんでっせ」

「永松さんが四百万円を持ってたこと、葛西さんは知ってましたか」

「知るわけおまへんがな。社長は朝、良観寺へ行ってくるというただけです」

「ゴルフの練習をするとは」

「聞いてへんけど、車にはいつもクラブを積んでますわ」

「良観寺の飯田さんと永松さんの仲はどないです」

「ま、いうたらゴルフ仲間ですわ。とりたてて親しい間柄やおません」

「最近、真泉社で取引先に大きな支払いでもありましたか」

「四百万も決済するような取引はしてまへん」

「永松さん、ギャンブルは」

「あんなせこい人が博打《ばくち》なんかしまっかいな。たまに一万円ほど宝籤《たからくじ》を買うだけや」

「永松さんの金まわりはどないでした」

「いちおう経営者やし、独身やさかい小遣いに不自由するようなことはおませんわな。冠婚葬祭に景気はあんまり影響しませんのや」

「真泉社の取引銀行は」

「菱和《りようわ》の枝川支店です」

「永松さん個人の預金は」

「それも菱和の普通口座のはずでっせ」

「三協銀行との取引はないんですか」

「おませんな。いっぺんも」

――永松の所持していた札束には三協銀行の帯封があったと聞く。

「つまるところ、四百万の出処《でどこ》について、葛西さんに心あたりはないんですな」

「あったら喋ってますがな。どうせ調べたら分かることやし、わしゃ社長に義理はおまへん」

葛西は真顔でそういい、「社長には女がいてますねん。もう十年越しのつきあいやさかい、会《お》うてみたらどないです」

「そら、よろしいな。誰です」

「ミナミの笠屋町《かさやまち》。『アンバサダー』いうラウンジの、美枝とかいうホステスですわ。本名は知りまへん」

笠屋町、アンバサダー、美枝――私はメモ帳に走り書きをして、

「いわゆる、内縁関係ですか」と、訊いた。

「いや、社長はこの事務所の二階に独りで住んでます」

「永松さんは今朝の何時にここを出ました？」

「——そう、十時ちょっと前でしたな」

「へーえ、十時前にね……」

永松が良観寺に顔を出したのは十一時半だった。枝川町から堤町へは二十分もあれば行ける。

「良観寺へ走る途中に、どこかへ寄ったんですかね」

「知りまへん。わしゃ千里眼やないさかい」

「永松さんの性格的な面はどうです。……カッとしやすいとか、誰かと殴りあいをしたとか、そんなことはありましたか」

「わりに短気なんは確かでんな。機嫌のわるいのが顔に出る。若いときはやんちゃで、よう喧嘩したそうですわ」

永松は耳をかいた小指で鼻のあたまをかく。「さ、コーヒー飲まんと冷めてしまいまっせ」

「どうも、いただきます」

ブラックでひとすすりした。酸味が効いていて、けっこう旨い。

種谷はスティックの砂糖とミルクを全部入れて、かき混ぜながら、

「葛西さん、この仕事は長いんですか」

「かれこれ三十年でんな」

熱のこもらぬふうに葛西は答えた。「人は死んだらおしまいでっせ。なんぼ出世して金を残したところで、五年十年経ちゃ、誰も憶えてへんし、ろくに墓まいりもしてくれへん。そやし、わしはせいぜい気楽な金儲けをして、頭の惚《ぼ》けんうちに、この世におさらばしたいというのが正直な気持ちですわ」

「なかなかに含蓄のあるお言葉ですな」

種谷はおもねるようにいったが、いったいどこに含蓄があるのか、私には分からない。

それから五分ほど雑談をして、真泉社を辞した。

3

「柿やん、ボールペン貸せ」

車に乗るなり、種谷はいった。「ポイントは四つや」

メモ帳を広げ、ルームランプを点けて、なにやら書きはじめる。

一　永松の金の出入り――菱和銀行普通口座の入出金明細

二　四百万の出処――帯封の印鑑と日付　三協銀行（？）支店

三　永松の足取り——十時前に事務所を出て、十一時半に良観寺へ
四　アンバサダーの美枝——訊込み

「——この一と二は簡単や。永松の口座の取引履歴照会表は手に入るし、帯封の印鑑の名前で三協の支店は割り出せる。支店には出金伝票の控えがあるから、預金を下ろした人物も特定できる。問題は永松の足取りやけど、わしはこの一時間半のあいだに永松が誰かと会うて、四百万を受け取ったような気がするんや」

「同感です。ぼくもそう思いました」

「銀行の調べは明日や。今日はこれからアンバサダーへ行こ」

「よろしいね。夜のミナミを歩くのは久しぶりです」

「柿やん、金は持ってるんか」

「はあ、二、三万なら……」

「よっしゃ、わしは三千円しかないんや」

あほくさ。誰があんたに飲ませるかい——。

「その前に、係長に連絡してきます」

私は車を降りて、近くの電話ボックスに入った。一係の直通番号を押すと、五十嵐が出た。

——柿本です。飯田のようすはどうですか。

——しぶといな。ついさっき山さんと交代したばっかりやけど、飯田はのらりくらりと同じことしか喋りよらん。叩くネタが少なすぎるんや。

——永松は口がきけるようになりましたか。

——あかん。まだ集中治療室や。

——種さんとぼくは、これからミナミに走ります。

葛西からの訊込みの結果を手短に報告した。

——よし、分かった。こっちもニュースがいくつかある。……良観寺から持って帰った永松のライトバンのグローブボックスから、新たに三百万の札束を発見した。

——四百万と三百万、大金ですね。

——その七百万は、三日前の午後、三協銀行堺西支店で下ろされた。口座の名義は泉北市吉井三丁目の沢口俊彦。沢口総業いう土建会社の社長や。

聞いてすぐに思い出した。吉井三丁目の交差点のそばに《沢口総業》と大きな袖看板を掲げた五階建のビルがある。

——それと、良観寺から持って帰った永松のライトバン。スペアタイヤの下のツールボックスにオーデコロンの空箱があって、中に妙なものが隠してあった。

——妙なもの、とは？

——髪の毛や。白髪まじりの毛髪が百本ほど、小さいビニール袋に入れてあった。

——それはどっちの毛ですか。男か女か。

——長さ、五、六センチ。たぶん男の毛髪や。

——空箱とビニール袋の指紋は。

——採った。まだ照合してない。

——了解。他に、なにか。

——それだけや。ラウンジへ行っても酒は飲むな。

電話が切れた。いわれなくても、酒は飲まない。


午後六時半、阪神高速道路堺ランプで降りだした糠雨《ぬかあめ》が北へ進むにつれて雨脚を強め、信濃橋出口を降りたときは本降りになっていた。御堂筋を南に下がって、道頓堀橋のそばのパーキングに車を駐め、笠屋町へ。

〝文句たれ〟の種谷は、一張羅の背広が濡《ぬ》れるやないかと不服をいい、この雨の中を飲みにいくあほがおる、といってまた怒る。いちいち相手にしていられない。

『アンバサダー』は前面にパールホワイトの磁器タイルを張った、真新しいテナントビルの五階にあった。

種谷と私はエレベーターを出て、ブロンズ色のドアを引いた。ウェイターに手帳を示して、美枝さんを呼んでもらいたいという。少し待って、ピンクのワンピースを着た背の高い女が出てきた。ショートカットの赤い髪、切れ長の眼、尖《とが》り気味のあご、化粧をとったら三十すぎだろう。なかなかの美人だ。

「あの、なにか……」

「おたくが美枝さんですな」

種谷は名前と身分を告げ、「永松晋さんのことで、お聞きしたいことがあります」

「えっ、……あの人がどうかしたんですか」

「ちょっと怪我をしたんです。……いや、命に別状はありません」

「じゃ、いまは病院ですか」

「堤町の回生会病院。集中治療室に入ってます」

「行きます、私。連れてってください」

「それはこっちも好都合やけど、お店は」

「きょうは休みます」

いって美枝は店内に入り、すぐに出てきた。ワンピースに白いカーディガンをはおり、傘とセカンドバッグを提げている。

私たちは美枝を連れてエレベーターに乗った。

「すんません、名前を聞いてないんやけど」

ない。

エレベーターを降りて外へ出た。美枝子だけが傘をさし、ヒールが高いから速く歩け

「ええ、まあ……」

「永松さんとは長いそうですな」

「美枝子です。前島美枝子」

「永松さんとは長いそうですな」

種谷は美枝子の横に並んで、経緯を話しはじめた。美枝子はいちいちうなずきながら細い声で返事をする。水商売は長そうだが、あまりすれてないように感じた。

「――ということで、永松さんは三ヵ月の重傷。住職はいま、本署で取り調べを受けてます」

「でも、あの人がほんとに、先に手を出したりしたんですか」

「それが分からんから、こうして調べとるんです。喧嘩両成敗というには、怪我の度合いが違いすぎます」

前からタクシーが来た。一方通行の道路は違法駐車の車でいっぱいだから、立ちどまってやりすごす。

「――で、今度は質問に答えてください」

「はい、なんでも……」

「最近、永松さんに会うたんはいつです」

「先週の土曜日でした。あの人は週に二日くらい、私の部屋に泊まっていきます」

南堀江の『アーバンコート』、七階の2DKだと美枝子はいった。

「失礼やけど、マンションの家賃は」

「あの人が出してくれてます」

いままでも何度か籍を入れる機会はあったが、踏み切れなかったという。「いろいろありました。……つきあいが長すぎるんでしょうね」

「けど、そういう曖昧な関係は不安やないんですか」

「だから、あの人も、結婚しようって、いってくれてます」

「そう、それがよろしいわ」

また、歩きはじめた。

「泉北の方に家を買う計画があるんです。買ったら、いっしょに住もうって」

「ほな、七百万は頭金にでも？」

「いえ、それは聞いてませんけど……」美枝子は言葉を切り、ためらいがちに、「近いうちにまとまった金が手に入る、とあの人がいってました」

「まとまった金、ね……」

「大きな葬儀をとりしきるって、そういってました」

「しかし、葬儀に予定なんかないでしょ。あれは誰かが死んでから段取りするもんです」

「私もそう思ったから、訊いたんです。……そしたら、どこか大会社の会長の三回忌だか、七回忌だか、そんな答えでした」

「その会社の社名、沢口総業やなかったですか」私が訊いた。

「すみません。詳しいことは聞かなかったんです」

美枝子は小さくかぶりを振る。

私は直観した。――永松のいう〝まとまった金〟は、まともな金ではない。


前島美枝子を回生会病院に送りとどけて、田出井署にもどった。一係の刑事たちはみんな家に帰ったらしく、部屋には五十嵐と山越のふたりだけがいて、カップラーメンをすすっていた。

「ごくろうさん。ラーメン、食うか」五十嵐がいった。

「けっこうです。途中で牛丼を食べてきたし」と、種谷。

「永松の状況、医者に訊《たず》ねたか」

「聞きました。明日の午前中には、集中治療室を出せるやろということです」

「飯田は八時に、身柄を放した。泊めることもないやろ」

「どこぞへ飛びよったら、こっちの思うツボや」山越がつづけた。

「鑑識のほうはどないです。なにか出ましたか」

「五番アイアンと畳に付着してた血痕は、永松の血や。それと、札束に永松を含めて複数の指紋。クラブから採取した指紋は飯田のものだけで、スイングの練習をしてたというのは真っ赤な嘘や」五十嵐が応じた。

「その事実を飯田に突きつけたんですか」

「いや、いうてへん。まだ手の内を明かすことはない」

「札束に付いてた指紋は、三協銀行の行員と、沢口総業の誰かでしょ」

「山さんの調べで、金を下ろしたんは沢口敏彦本人やと判明した。九月二十四日の午後一時二十三分。金額は七百万」

「沢口敏彦に接触は」

「明日や。きょうはもう遅い」

沢口と永松が口裏を合わすにも、永松は口のきけない状態だ、と五十嵐はいう。

「永松のライトバンから出た毛髪、あれは何ですかね」

「確かに、奇妙やな。スペアタイヤの下のツールボックスというのは、明らかに隠匿の意思があったということっちゃ」

「白髪まじりの男の髪でしたね」

「というよりも、黒い髪のまじった白髪やな」

毛髪は自然脱毛ではなく、剃刀《かみそり》か鋏《はさみ》で切りとったらしい――。

「オーデコロンの空箱とビニール袋の指紋は、永松や」

五十嵐は補足して、「百本あまりの毛髪のうち、二十本を科捜研に送った。髪の主の年齢が絞りこめる」

「たった半日で、いろんな手がかりが集まりましたね」

「笑うのは早い。これから一つひとつ、つぶしていかなあかんのや」

五十嵐は肩の凝りをほぐすように首をまわした。「――さ、明日の作戦を決めて、さっさと帰ろ」

4

九月二十八日、雨あがり。どうも朝からすっきりしない。このところのオーバーワークのせいもあるが、寝酒にワインのハーフボトルを空けたのがいけなかったようだ。七時におふくろに叩き起こされ、紅茶を一杯飲んだだけで、あとは何も口にできなかった。

八時四十分、田出井駅前で種谷と落ち合う。

「柿やん、沢口は会社にいてへん」

「えっ、出張ですか」

「朝から現場の見まわりに出とる。羽曳野の学園前や」

種谷はタクシー乗り場に歩いて、短い列の後ろに並んだ。

中央環状線から堺羽曳野線に入って、樫山という交差点を右折した。運転手は狭い上り坂をかなりのスピードで飛ばす。高台の新興住宅地を抜けて一キロほど行ったところに短大があり、そのグラウンドの脇で水路改修工事をしていた。

「あれがどうやら、沢口の車やな」

種谷がショベルローダーの横に駐められたダークグリーンのセルシオを指さす。

プレハブの工事事務所の前でタクシーを降りると、事務所の戸が開いて、黒縁眼鏡の肥った男が外へ出てきた。年は五十がらみ、薄茶の作業服を着ている。

「田出井署の刑事さんですか」

「はあ、そうです……」

「ついさっき、会社から電話が入りましてね、刑事さんの用件が分からんもんやからやきもきしてたんですわ」

男は頭を下げて、沢口敏彦と名乗った。

種谷も一礼して名前をいい、

「きのう、堤町で傷害事件が発生しまして、沢口さんにお聞きしたいことがあるんです。

……永松晋という人をご存じないですか」単刀直入に切りだした。

「ああ、知ってます。真泉社の社長でしょう」沢口はあっさりうなずいた。「つい二ヵ月前、七月十八日に親父が亡くなったんです。永松さんには、葬儀でお世話になりました」

「へえ、そうでしたか。お父さんの葬儀で……」拍子抜けしたような種谷の顔。

「ところで刑事さん、私はこれから柏原の現場へ行かんとあかんのです」

沢口は腕の時計に眼をやって、「差し支えなかったら、話のつづきは車の中でできませんかね」

「けっこうです。お供します」

「ほな、こちらへ」

沢口はセルシオのところへ歩いてドアを開けた。種谷と私はリアシートに乗り込む。

「すんませんな。勝手をいいまして」

沢口はイグニッションキーをひねり、発進した。さすが四リッターの高級車だけあって、滑るように走る。中村美律子の演歌が流れているのはCDだろう。

「――で、永松さんがどうかしたんですか」沢口はデッキの音量をしぼった。

「怪我をしたんです。ゴルフクラブで殴られて」

「おっと、そら大変や」

「そのとき、永松さんは四百万の現金を所持してました。金の出処を調べたら、先週の金曜日、三協銀行の堺西支店で下ろされたと判ったんです」

「なるほど、それで刑事さんが来たんや」

沢口はつぶやくように、「その金は、私が下ろしたんですわ」

「ほな、永松さんに渡したんも？」

「私です。……きのうの朝、七百万円を封筒に入れて永松さんに支払いました」

「支払い、というのは」

「親父の葬儀費の残金です。総額で千五百万ほどかかりましたから」沢口の口調に澱《よど》みはない。

「千五百万とは盛大な葬式でしたな」

「参列者五百人。春日山の飛鳥会館を借り切ったんですわ」

沢口の父親、辰彦は沢口総業の取締役会長だったという。「八十三歳やったから、年齢《と し》に不足はありません。一代で沢口総業を築き上げたんです」

「失礼ですけど、なんの病気で？」

「心臓です。二年前に心筋梗塞《こうそく》の発作を起こして、それからは寝たり起きたりの状態でした」

車は羽曳が丘から軽里を抜けて、外環状線を北へ向かう。

「お父さんの葬儀で、読経した僧侶は誰ですか」ふと思いついて、訊いてみた。

「堤町の良観寺の住職です。名前は確か、飯田博道……」

「その飯田が加害者なんです」

「えっ、そうですか」ひどく驚いたように、沢口の肩が揺れた。

「沢口家は良観寺の檀家やないんでしょ」種谷がいった。

「違います。坊さんは永松さんの紹介でした」

「お父さんは自宅で亡くなったんですか」

「ええ、そうです」

「参考までに、永松さんに渡した七百万の領収証は」

「むろん、もらいました」

「立ち入ったことを訊くようですけど、おたくの会社は——」

種谷は矢継ぎ早に質問する。

沢口総業の経営内容、沢口の家族構成、交遊関係などを詳細に聞きとり、私たちはJR柏原駅の近くで車を降りた。

「くそったれ、狸が揃い踏みしくさった。三匹が下手なつじつま合わせをするから、ぼろぼろ尻尾《しっぽ》が出る」

種谷はお好み焼きを切って口に入れた。「わしゃ葬儀費用の分割払いやて、聞いたことがないぞ」くぐもった声でいう。

「ほな、七百万の領収証というのは」

「いちおう、沢口は受け取っとるやろ。さっきの口ぶりで分かるがな」

「ぼくには、もひとつ見えんのですけどね」

「何が見えへんのや、え」種谷は胡乱《うろん》な眼をこちらに向ける。

「そやから、永松がライトバンに隠してた髪の毛です」

「なんと情けない。何年、一係の鑑札をつけとるんや」

「まだ五年です。わるいですか」ムッとした。

「あの髪の毛の主はな……」

種谷はビールを飲みほし、手酌で注いだ。「沢口辰彦や」

「沢口の親父ですか……」

「わしの読みに狂いはあるかい。ここの勘定を賭けてもええがな」

お好み焼き二枚とビールが二本、せいぜい三千円だ。

「わしは真泉社が沢口辰彦の葬儀をしたと聞いて、ピンときた。永松は遺体の処理をしたときに、髪の毛を切りとったに違いない」

「しかし、永松はなんでそんなことをしたんです」

「柿やん、きのう葛西のいうたこと憶えてへんのか」

「どんなことです」

「あのおっさん、得意そうに喋ってたやろ。……肝硬変なんかで亡くなった人はめちゃくちゃくさい。わしらは遺体の臭いで死因を当てることができる、と」

「あ、そうや、そうやいうてました」思わず膝を叩いた。

「どうや、ここまでわしにいわせて、まだカラクリが見えんか」

「永松は辰彦の遺体を見て、何かを嗅《か》ぎとったんですね」

「よっしゃ、回生会病院に電話してくれ。永松のあほたれ、そろそろ集中治療室を出るころや」

「永松は歌いますかね」

「どうせ檻《おり》の中の狸や。じわじわ絞めたる」

種谷はソースのついた指をなめて、ほくそえんだ。

5

十月一日、傷害及び恐喝容疑により、飯田博道と永松晋を逮捕した。ふたりは容疑を否認したが、二日になって永松が自供をはじめ、三日には飯田も落ちた。

十月四日朝、科捜研から毛髪のガスクロマトグラフによる分析資料がとどき、山越、種谷、私の三人は沢口総業へ出向いた。沢口敏彦は逮捕を予期していたらしく、薄笑いを浮かべて車に乗った。

「――永松はあんたから七百万を受け取りながら、飯田には四百万しかもろてないというて山分けしようとした。飯田は、約束が違うやないか、たった四百万のはずがない、と永松に詰めよった。そのあげく、飯田は永松に殴られ、逆上してゴルフクラブを振りかざしたというのが、この事件の発端や」

山越は沢口の眼を見て、ゆっくり話す。「飯田はいざとなったら永松を脅す肚《はら》で、クラブを用意してたんや。こいつらが仲間割れさえせなんだら、あんたの犯罪は未来永劫《えいごう》発覚せんかったやろ」

「あんたの犯罪？……あほらしい。おれが何をしたというんです」

沢口も山越を睨みすえるように応じた。

「あんた、父親を殺したんや。殺したからこそ、永松と飯田に脅迫されて、七百万もの金を払うたんやないか」

「あの金は葬儀費や。領収証も見せましたがな」

「正規の葬儀費は七月二十三日に、沢口総業から真泉社に振り込んでる」

「実をいうと、七百万は永松からダイヤの指輪を買うた金ですわ。税金対策で、領収証の明細を〝葬儀〟にしたんです」

「ほう、おもろい。その指輪、どこにあるんや」

「永松に預かってもろてます」

「もう、ええ。戯《ざ》れ言《ごと》はやめんかい」

山越は机を叩いた。アルミの灰皿がはねて、リノリウムの床に落ちた。

「あんた、婿養子や。沢口辰彦と血のつながりはない。……沢口辰彦は大阪でも五本の指に数えられるほどの浮世絵のコレクターやった」

「……」

「沢口辰彦は一昨年の暮れに心筋梗塞発作を起こして近畿医大病院に運ばれた。半月の入院後、自宅で療養生活をはじめたんやけど、足腰が弱って外出もままならん。先が長うないことを知って、蒐集《しゆうしゆう》した浮世絵千三百点を府立美術館へ寄付しようと考えた。そして、今年の三月十二日、全作品を『沢口文庫』として一括管理し、展示室の一室に常設することを条件に、寄付を申し入れたところ、美術館側はしばらく待ってくれと回答をひかえた。美術館としては常設展示という条件に難点があって、あれこれ会議をかさねた末に、一年のうち二ヵ月だけ展示するという案をまとめた。館長が正式な受諾書を持って沢口家を訪れたんが六月三十日というから、役所仕事はいかにも遅い。沢口辰彦は寝たきりになって、口もきけん、署名もできんという状態やった」

「——おれにはまるで分かりませんな。いったい何がいいたいんです」

「沢口辰彦を寝たきりにしたんは、あんたやがな」

山越はずり落ちた眼鏡を指で押し上げた。「浮世絵千三百枚。……時価七億円をみすみす寄付させることはできんかったということっちゃ」

「ばかばかしい。親父は心不全で死んだんや」

沢口はわめいた。口許がふるえている。

「そう。主治医の死亡診断書にも書いてある」

山越は嘆息して、「死因は心不全かもしれんけど、沢口辰彦には重い肝臓障害があった。……永松が遺体を拭いたとき、鼻と口から出てきた浸出液に、いままで嗅いだことのないベンゼンみたいな臭いに気づいたんや」

「………」

「永松はそのことを、通夜の読経に来た飯田に喋った。聞いた飯田は、遺体の髪を切れ、と永松をそそのかした。……飯田には、砒素《ひそ》や農薬といった毒物は髪の毛とか爪に残留するという知識があって、ひょっとしたら、こいつは金になるかもしれんと欲の皮を突っ張らかしたんやな」

「……」

「沢口家は小黒橋の古刹《こさつ》、賢頂寺の檀家で、先代の住職と辰彦は知り合いやった。あんたの奥さんは賢頂寺の住職に読経してもらいたいというたのに、あんたはあれこれ詮索《せんさく》されるのをおそれて賢頂寺に義父の死亡を知らせず、永松には、できるだけ小さい寺の僧を呼んでくれと要求した。……そういう不自然な状況も伏線にあって、小悪党ふたりはあんたに食いついてみようと、ない知恵をめぐらしよった」

「くそっ、おれは何も知らん」

沢口は机に突っ伏して、耳を覆った。そろそろ限界だ。

「――九月十二日の日曜日、折入って話があると、永松があんたを訪ねてきた。一階の応接室に通すなり、永松はポリ袋に入れた髪の毛を見せた。――辰彦氏の死因に不審な点がある。葬儀社として警察にとどけるべきかどうか悩んでますと、あんたの顔色をうかがった。帰れ、その薄汚い面を二度と見せるな。あんたは突っぱねたけど、永松がポリ袋をポケットに入れてドアを開けたとき、まぁ待たんかい、と呼びとめた。……あんたは知らんやろけど、後ろで糸を引いてたんは飯田や。永松に強請《ゆすり》の図《え》を描ける頭はない」

「……」

「あんたが七百万で買いとった髪の毛は三十本。永松はまだ百本以上も隠してたんやで」

いって山越は傍らの種谷から封筒を受け取った。中の紙片を出して、沢口の前に広げる。沢口は呆《ほう》けたような顔をもたげた。

「これはガスクロマトグラフによる毛髪の分析結果や。高濃度のパラフェニレンジアミンが検出された」

山越はフッと笑って、「というても、あんたには分からんやろ。この有機物は、〝白髪染め〟の主成分で、体内に吸収されると、肝臓毒、腎臓毒として作用する。十年前には、これを利用した毒殺事例もあった。あんたは数ヵ月にわたって、白髪染めを辰彦の飲み薬に混ぜてたんや」

「親父は……親父は髪を染めてた」

「やかましい。沢口辰彦の髪は白黒のまだらや」

「…………」

「そういや、あんた、髪を染めてるみたいやな」

山越は沢口の黒い頭髪を見た。「二、三本、抜いてくれるか」

「な、なんで……」

「辰彦の毛髪といっしょに、ガスクロ分析や赤外分光分析をするんや。パラフェニレンジアミンの定性が一致するに違いない」

「………」沢口の顔が蒼白になった。肩を落とし、椅子にもたれかかる。

「自分の使うてる白髪染めを義父に服《の》ませるやて、あんたもあくどいことをしたもんやな、え」

山越は机に片肘をつき、さも疲れたように眼頭を揉んだ。

二十日、沢口敏彦は容疑否認のまま殺人罪で起訴され、大阪拘置所に移送された。遅かれ早かれ、沢口総業は解散するだろう。

種谷はふたりでアンバサダーをのぞいてみようというが、私にはその気がない。

オーバー・ザ・レインボー

1

壁に寄りかかり、手元にスイッチを引き寄せてライトを点けた。光に驚いたように鳥が飛びたつ。赤、青、黄、緑、紫、オレンジ、白……色、色、色が散り、無数のきらめきになって虚空を舞う。音も重力も方向も距離もない宇宙の果て。虹が重なりあい、拡散し、輪を広げ、一瞬にして色を変え、形を変える。

おれはただ眼をみはる。どこまでもつづく七彩の乱舞。おれの体は溶けて流れだし、恍惚《こうこつ》として光の中に沈む。時間は消失し、おれは宇宙に浮遊する。おれは蒸発し、明滅しつつ昇華する……。

「どないした、しんどそうやないか」

辛子色のトレーナーの袖をたくし上げて、小村がいう。「寝不足とちがうか」

「……」おれは答えない。五時間も立ちづめだったら疲れるのがあたりまえだ。

「で、今日は何個配った」

「二千九百」持ちかえった段ボール箱を見やった。底にティッシュが残っている。

「あと百個ぐらい、十五分もあったら捌《は》けるやろ」

「日が暮れたんや。通行人も減ってしもた」

ごちゃごちゃいわずに、早く金を寄越せ。

「ま、ええ。五千八百円や」

小村は舌打ちし、五枚の千円札と八枚の百円玉をテーブルに置いた。「明日はどないする」

「眼が覚めたら来る。昼すぎや」

「サボるなよ。ちゃんと目覚ましをかけとけ」

「ああ……」金をポケットに入れた。

事務所を出て、バス通りを北へ歩いた。たこ焼き屋の前の歩道に高校生がたむろしている。茶髪の肩を押して脇をすり抜けた。

「あ、なにすんねん」茶髪がおおげさにそういった。「待て、こら」

おれは立ちどまった。振り返って、茶髪の顔をじっと見る。

「謝らんかい。おまえがぶちあたったんやぞ」

向こうは四人。どいつもこいつも腐った顔をしている。

「おい、聞こえんのか。なんとかいわんかい」

「……」おれは笑った。ばかが粋《いき》がっている。

「こいつ、気色わるいな。なんや、その犬の尻みたいな金髪《パツキン》は」

「邪魔や、おまえら」おれはいった。「制服なんか着るな」

「なんやて……」

「黒い服には色がない。そこらにころがってるごみ袋といっしょや。クソみたいな服は捨ててしまえ」

「切れてる。こいつ、おかしいぞ」茶髪はたじろいだ。

「散れ。おまえらの相手してる暇はない」

踵を返して歩きだした。あほんだら、死んでまえ――罵声が聞こえた。

地下鉄西長堀駅から千日前線に乗り、野田阪神駅で降りた。駅前のパチンコ店に入って、玉を十個ほど拾い、外に出る。北港通りを西へ歩き、三叉路を北へ行って郵便局の脇道を抜けると、赤錆びたフェンスの向こうに六階建のビルがA棟からD棟まで順に並んでいる。

D棟の玄関ホール、メールボックスには〝出張エステ〟と家具屋の大売出しのチラシが入っていた。くしゃくしゃに丸めて投げ捨て、エレベーターのボタンを押す。エレベーターのボックスは引っかき傷と落書きだらけで、煙草の臭いが染みついている。

五階。廊下にはバケツや自転車、ベビーカーや三輪車が置かれ、壁の掲示板には《自転車は中庭の自転車置場に置きましょう》と、貼り紙がある。

北の端、一六号室、鍵を差してドアをあけた。生ごみの饐《す》えた臭いが鼻を刺す。台所の換気扇をまわし、冷蔵庫から薬缶《やかん》を出した。冷えた水をコップに注いでひと息に飲む。ダイニングチェアに腰を下ろして煙草を吸いつけた。テーブルの上、昼前に食ったコンビニの弁当の残りがもう腐りはじめている。

暑い。汗が背中を伝い落ちる。水をもう一杯注ぎ、またひと息に飲んだ。夏の大阪の水は煙草のヤニのような味がする。

服を脱ぎ、風呂場に入った。シャワーを浴びる。石鹼で頭を洗い、体を洗う。

素っ裸のまま風呂場から出て、台所の右奥の和室に入った。畳にバスタオルを敷き、その上に大の字になる。足の指で扇風機のスイッチを押した。カーテンが揺れ、西日がちらちらして眩《まぶ》しい。傍らのTシャツをとって顔にかける。いつしか、おれは眠り込んでいた。

鳥のさえずりが遠くで聞こえ、少しずつ近づいて耳もとにきた。ふと目覚めると、床の間のケージから赤いインコが逃げだしてカーテンレールにとまっている。インコは賢い。曲がった嘴《くちばし》で器用に戸を引き開けて外に出る。いつもは紫のインコが逃げて、部屋を飛びまわっているのだが。

おれは起きてジーンズをはき、臙脂色のポロシャツを着た。モスグリーンのキャップをかぶり、腕時計をつけ、車のキーをポケットに入れる。扇風機がとまっているのは、眠っているうちに無意識にスイッチを切ったのだろう。

ケージの中の水を替え、餌も少し足して和室を出た。午後十一時四十分、ちょうどいい時間だ。

素足に紺のスニーカーを履いて廊下に出た。鍵をかけ、足音をひそめてエレベーターへ。一階に降りて裏の駐車場にまわり、車に乗り込んだ。フェンスの向こう、街灯の下を、洗面器を持った若い男が歩いている。エンジンをかけてヘッドライトを点けたら、驚いたような顔でこちらを見た。のっぺりと色の白い間抜け面だ。

ハンドブレーキを下ろして発進した。団地を出る。一方通行路を南に走って北港通りへ向かう。六軒家川を渡り、千鳥橋の交差点を越えたところでラーメン屋を見つけた。

車を左に寄せて、ガードレール脇に停める。前に空車のタクシーが二台並んでいるのは、運転手が腹ごしらえをしているのだろう。

ラーメン屋のカウンターに座った。品書きを見て、チャーハン定食と餃子三人前、生ビールの大を注文する。餃子用の小皿にテーブルのキムチをとり、それを肴にしてビールを飲んだ。泡が多くて、おまけに生ぬるい。

なんじゃい、ジョッキぐらい冷しとけ——。露骨に舌打ちしてみせたが、ラーメン屋の親父はそ知らぬ顔で餃子を焼いている。こんな無神経なやつに美味《うま》いラーメンが作れるはずがない。

そして案の定、チャーハン定食も餃子も不味《まず》かった。餃子を三人前も注文したのは失敗だ。おかげで瓶ビールを二本も追加して、二千九百円もの勘定を払ってしまった。

ラーメン屋を出たのは午前一時。北港通りを西へ走って国道43号線。伝法大橋を渡り、大和田の交差点を右折して淀川通りに入った。西淀川区に土地鑑はないが、めざすアクアリウムは頭に焼きつけている。店内にも一度入ってみて、そのときは二百円のカーディナル・テトラを十四買った。

『アクア・テイク・大和田』が見えた。店名のネオンは消え、出入口にはシャッターが下りている。建物の右に車三台分ほどの客用パーキングはあるが、そこに車を入れるのは、さすがにまずい。十メートルほど手前の街路樹の脇に車を駐《と》めた。

煙草を吸いつけて、あたりのようすをうかがった。歩道に人影はなく、車もあまり通らない。パーキングは薄暗く、そこに面した店の窓にも明かりはない。パーキングのこちら側は信用金庫のビルだ。

煙草を揉み消し、両手に革手袋をつけて車外に出た。リアゲートを上げてクーラーボックスを引き出し、肩に提げて、すばやくパーキングへ走る。奥まで一気に走ってプレハブの倉庫の陰に隠れた。

一、二、三……ゆっくり百まで数えて、動きだした。クーラーボックスの蓋を開けて、スリングショットを取り出す。店の壁に沿って窓のところまで移動した。窓の内側はブラインドが下りている。

スリングショットを左手でホールドし、右手でパチンコの玉をこめてゴムをいっぱいに引き絞った。窓のクレセント錠の部分を狙ってリリースする。瞬間、ボシュッと鈍い音がしてガラスに丸い穴があいた。そう、拳銃の射入口のような、きれいな円形の穴。ヒビはほとんど広がっていない。

穴にドライバーを差し込んでクレセント錠のラッチを押した。錠はあっさり解除される。

窓を開け、クーラーボックスを踏み台にして侵入した。ベルトをたぐってクーラーボックスを引き上げ、中に入れてから窓を閉める。

店内はほんのり明るかった。天井のダウンライト、非常出口の緑の照明、そのぼんやりした明かりを映して蛍光色の魚が泳いでいる。エアレーションのモーター音が重なりあい、壁に反響する。

おれはターコイズ・ディスカスの水槽の前に立った。青いきらめきが揺れている。なんと美しい幻想的な生き物だろう。

しばしディスカスに見とれたあと、アジア・アロワナの水槽へ。燃えるようなメタリックレッドが闇の中に浮かんでいる。一枚一枚の鱗がゴールドを縁取ったルビーとなり、はらりと散って血の色に変わった。

2

八月二十一日、水曜——。

刑事部屋に顔を出すなり、松坂は係長に呼ばれた。大和田三丁目の『アクア・ティク・大和田』に侵入盗があったという。被害はレジの中の釣り銭、約一万円と、熱帯魚が数匹。今朝の八時すぎに店長が店に行って異変に気づき、一一〇番通報をした。府警通信指令本部からの連絡を受けて、つい十五分前、戸倉と伊村が鑑識といっしょに現場へ向かった。——と、松坂はそれだけを聞いて部屋を出た。大和田三丁目は署から一キロと離れていない。

足早に歩いて十分、現場に着いた。建物は四階建のこぢんまりした雑居ビルで、一階のワンフロアが熱帯魚店、二階から上は賃貸マンションになっている。伊村が駐車場に面した窓のそばにいた。

「あ、主任、おはようございます」

「ご苦労さん。そこが侵入口か」ロープをまたいだ。

「らしいですね。見てください」

伊村の指さす先、スチールワイヤー入りのガラスに直径一センチほどの丸い穴があいていた。

「こらなんや、拳銃かい」

「ガラスに火薬粉粒が付着してません」

伊村は首をひねる。「ブラインドの板が折れ曲がってるのに、弾痕がないんです」

「なるほどな……」松坂にはぴんときた。「店の中を調べてみい。ベアリングの玉とかナットとか、小さい鉄の塊が見つかるはずや」

「それ、どういうことです」

「むかし、スリングショットが流行ったとき、こんな手口があった。ものすごい高速で弾が発射されるから、ガラスの割れる音がせえへんのや」

「なんです、そのスリングショットって」

「知らんのか。パチンコやないか」

「パチンコ……？　あの、ゴムを引っ張ってスズメを撃ったりする」

「そう。マニア好みのスポーツパチンコや。子供のオモチャやないで」

スリングショットは握りの部分が銃把《じゅうは》とそっくりだった。U字状の支持アームが左の手首に固定されるようになっていて、ゴムを引き絞ってもフレームが湾曲しない。ボウガン並みの殺傷力があるということで、一時は規制の対象になりそうだったが。

「ま、スリングショットでないにしろ、パチンコまがいの道具を使うたことはまちがいないやろ。でないと、ガラスにこんな穴はあかへん」

「となると、犯人《ホシ》は玄人ですかね」

「そいつはまだ分からん。予断は禁物や」

松坂は言いおいて、駐車場を離れた。表にまわって半開きのシャッターをくぐり、店内に入った。鑑識捜査員が写真撮影をしている。指紋採取はまだ始まっていない。

右奥の壁際で、戸倉が痩せた背の高い男から事情聴取をしていた。後ろの大きな水槽には水草があるだけで、魚は泳いでいなかった。

「どうも。西淀署の松坂といいます」

男のそばに行って一礼した。男も挨拶を返し、店長の佐々木と名乗った。

「で、被害品は」松坂は訊いた。

「レジの金は一万円あまりですけど、レッド・アロワナとターコイズ・ディスカスが二尾、それにアーリーが三尾、盗まれました」

佐々木は眉をひそめてそういった。年齢は三十歳前後、胸の部分に店名を刺繍《ししゅう》した黄色のジャンパーをはおっている。

「熱帯魚のことは詳しないんやけど、その魚はいくらぐらいなんですか」アロワナという魚の名前だけは聞いたことがある。

「レッド・アロワナは七十万円。ディスカスは八万円と十万円。アーリーは三尾とも六千円の売価をつけてました」

「なんと、七十万もする魚ですか」驚いた。たかが熱帯魚一匹に常識外れの値段だ。

「アロワナは体長が四十センチの幼魚です。八十センチクラスの成魚になったら三百万円は下りません」

アジア・アロワナはワシントン条約で輸入匹数が制限されている。中でも赤と金色の色彩変異種は希少で、マニアにとっては垂涎《すいぜん》の的だと佐々木はいった。「警察から手配してください。でないと、ほかの業者に売られてしまいます」

「むろん、贓品《ぞうひん》手配はします」

松坂は答えて、「熱帯魚というのは換金しやすいんですか」

「アジア・アロワナやディスカスは人気があるから、そう難しくはないと思いますけど、この業界は狭いし、あのレッド・アロワナを店に持ち込んだら、必ず網にひっかかるはずです」

「同業者なら、七十万のレッド・アロワナにどれぐらいの買値をつけます」

「そうですね……」佐々木は口ごもって、「二十万円前後でしょうか」

買うときは二十万の代物を七十万で売るというのだから、熱帯魚屋はいい商売だ。

「ということは、業者より熱帯魚マニアに売る方が、犯人の稼ぎはいいんですな」

「たぶん、そうやと思います」佐々木はさも悔しそうにためいきをつく。

「盗《と》られた魚の特徴を示すような資料はありませんかね」戸倉がいった。

「写真があります。先月、折り込みチラシを作るときに撮った写真が」

「そら、よろしいね。貸してください」

「事務所に置いてあります。こちらです」

佐々木の案内で、非常出口横の事務所に入った。デスクがひとつとキャビネットがふたつ並んでいるだけの小さな部屋だった。

佐々木はデスクの抽斗からアルバムを出して広げた。どれも熱帯魚と水草の写真ばかりで、図鑑を眺めているような感じがする。

「なるほどね。これは貫禄がある」

レッド・アロワナは体が偏平で、鱗の一枚ずつが鯉のぼりの絵柄のように大きく、体色はぎらぎらとした金属質の赤で、いかにもおどろおどろしい怪魚といった印象だった。ターコイズ・ディスカスはマナガツオかチョウチョウウオのような形で体高は二十センチ、全身が鮮やかなターコイズブルーに輝いている。

「こんな派手な魚、見たことがない」

戸倉がいう。「十万円というのも分かるような気がしますわ」

「これは成魚にするまでが大変なんですよ。よほど慎重に飼育せんと、弱い魚やからすぐに死んでしまいます」佐々木は答えて、アルバムを繰る。

アーリーは鯛のような体型で、長さ十五センチ。全身がメタリックブルーで、さっきのディスカスに負けず劣らずの派手な魚だった。

「この魚が六千円というのは安いな。理由があるんですか」

「繁殖が簡単なんです。メスが卵を口にくわえて、孵化した稚魚が泳ぎだすまで保護するんです」

「アーリーは売りさばけますか。業者やマニアに」

「無理でしょうね。こんなありふれた魚は」

「ほな、なんで盗ったんやろ」戸倉は首をかしげる。

「それが、ちょっと不思議なんです。高価な魚は、ほかにもあるのに……」

佐々木はナマズのような魚の写真を指さした。焦げ茶色の体に白い縞模様がある。

「これはゼブラ・キャットといって、アマゾンのごく限られた場所でしか採集できないんです。うちで飼育しているゼブラには三十万円の値をつけてます」

「このナマズは売れるんですな」松坂がいった。

「色に個体差がないから、アロワナやディスカスよりは売りやすいでしょ」

「となると、この犯人は熱帯魚のことにさほど詳しくない。そういうことですか」

「かもしれませんね」佐々木はうなずいて、「泥棒はとにかく、この店でいちばん派手な魚を選んで盗んでいった。……そんな気がするんです」

3

「しかし、妙な事件やな、え」

係長は腕を組み、椅子の背にもたれかかって、「熱帯魚は生き物やぞ。犬や猫とはちごうて、水に入れて運ばんと死んでしまう。そんなめんどくさいもんを盗って、どないするというんや」

「金にするつもりなら、アロワナとディスカスだけでええはずなんですわ。アーリーとかいう安物の魚を三匹も盗ったのが腑に落ちません」

「つまり、犯人の目的は、自分が飼うて楽しむためなんやな」

「そう考えたらいちおうの筋は通りますけど、ガラスを破った手口と、レジをこじあけて中の札だけをさろうていったところが玄人臭い。単なる熱帯魚マニアの仕業という気がせんのです」

「確かにチグハグや。玄人なら、金にならん魚は盗らんわな」

係長は天井を仰いで、「魚はどうやって運んだ。まさか、水槽ごと持っていったんやないやろ」

「店のポリ袋を使うたみたいです」

袋に水槽の水を移して魚を入れ、酸素を吹き込んでから輪ゴムで口を縛ったらしい。カウンターの抽斗からポリ袋がはみ出し、酸素ボンベの周囲の床に滴《しずく》が落ちていた。

「犯人の逃走経路は」

「侵入口から出たようです」夕方までの訊込みでは、目撃者はいない。

「まさか、ビニール袋をそのまま提げて出たんやないやろ」

「袋を入れるバッグのようなもんは用意していたと思われます」

滴はカウンターの周辺だけで、駐車場側の窓の付近には落ちていなかった。

「指紋はどないや」

「採取しました。いやというほど」

店の従業員は佐々木のほかに二十代の男が二人。学生のバイトもひとりいる。「分別して指紋照会します」

不特定多数の客が出入りする店には無数の指紋が付着している。犯人が動いたとみられる、侵入口、アロワナとディスカスとアーリーの水槽、レジカウンター付近——、どこにもそれらしい指紋は付着していなかった。

「指紋よりは手口やな。そっちの方が見込みがある」

「今晩中に手口照会をしますわ」

スリングショットを使った店舗荒らしは珍しい。同一手口の前歴を有する人物を割り出せば、容疑者の特定につながる。

「で、店の中に〝弾〟はあったんか」

「パチンコの玉をひとつ見つけました」

事務所のそばの水槽の下にころがっていた。「指紋はなし。アルファベットで《OMG》という刻印があります」

西淀署管内のパチンコ店ではない。伊村が生野区の鋼球製造業者の訊込みに走った。

「そのパチンコ玉のほかに遺留品は」

「赤い羽根がありました。床の水たまりの中に浮いてたんです」

「赤い羽根……」係長は訝《いぶか》しげに、「共同募金か」

「小鳥の羽根です。長さは二センチほど」

「店で小鳥は売ってへんのやな」

「犯人の遺留品かどうかは分かりません。客の服に付いてたのが床に落ちて、水たまりのところへ吹き寄せられたんかもしれません」

「鳥の種類は調べた方がええな」

「科捜研に送ります」

「よっしゃ。指紋と手口の照会、スリングショットにパチンコ玉。今日のところはそれぐらいか」係長は仏頂面でそういった。

「わしは現場に戻りますわ」戸倉が熱帯魚店周辺の地取りをしている。

松坂は報告を終えて、係長のデスクを離れた。


二時間で千二百個を配り、難波から西長堀に帰った。自転車の荷台から段ボール箱を外す。抱えて事務所に入ったら、小村がおれを睨みつけて、

「なんや、えらい早いやないか」

「しんどい。風邪ひいた」

「何個配った」

「千二百や」

「たった、それだけかい」

文句をいうな。サボらんかっただけでも上等やないか――。おれは小村を殴りつける場面を想像する。

「風邪ひいたんや。腹も痛い」

「へっ、ええ若いもんが」

小村は二千四百円をテーブルに置いた。おれはポケットに入れて事務所を出る。

駅前の酒屋に寄って缶ビールを二本買い、団地に帰り着いたのはちょうど五時。メールボックスにはハンバーガーショップのチラシが入っていた。割引券もついている。

部屋に入って施錠し、ドアチェーンもかけた。シャワーを浴び、素っ裸でビールを飲む。台所の流しの扉を開けて、土瓶の中からフィルムケースを出す。

煙草を一本抜き、テーブルにチラシを広げた。フィルムケースからマッチの頭ほどのハシシをつまみ出し、新聞紙の上で粉にする。煙草の紙の部分を揉みほぐして中の葉っぱを粉の上に落とし、箸の先で混ぜる。混ぜた葉を煙草の紙の中にもどし、箸の尻で押し詰める。

できた煙草を口にくわえ、台所の左の洋室に入った。六畳を半分に仕切って、奥に小部屋を設《しつら》えてある。

ダイヤル錠のナンバーを合わせて鎖を外し、ドアを開けた。ブッブッブッブッと、エアレーションの音がする。

ドアを閉めて床に胡座《あぐら》をかいた。ライターを擦り、煙草に火をつける。瞬間、赤い炎が連なって何百もの輪になり、おれの顔が宙に浮いた。

煙を肺に入れたまま息をとめた。脳髄が冷たくなり、四肢が重くなる。水槽にもたれかかって五感を闇にあずけた。ブッブッブッブッブッ……アロワナが笑い、ディスカスが話しかける。幻聴ではない、言葉を喋っているのだ。

おれは眼をいっぱいに見開いた。闇にうごめくアメーバのような黒い影。手さぐりでコードをたぐった。スイッチを引き寄せる。ライトを点けた。

アロワナが光った。ディスカスが輝き、アーリーがきらめいた。虹がおれを包み込む。色が聞こえ、音が見えた。おれは流れて水になり、煙になって空を舞う。

4

八月二十七日、火曜――。

景品交換所で三十二個の〝テグス〟とチョコレートの詰合せを受け取って、相沢悦子はホールを出た。テグスは一個が五百円。投資額は二万円だから、差し引きすると四千円のマイナスだ。

テグスを換金する前に、瑠美にチョコレートを渡そうと思って駐車場へ行った。車の中はからっぽで、近くに瑠美の姿は見えない。

おかしいな、どこ行ったんやろ——。ホールにもどって、瑠美を探した。休憩所にもトイレにも瑠美はいない。

また駐車場に出て、瑠美を探した。ほんの二十分前までは、悦子のそばにまとわりついて、缶ジュースを飲んでいたのに。

広い駐車場を走りながら瑠美の名を呼んだ。返事がない。

悦子はホールに駆け込んだ。「子供がいないんです」涙声で従業員にいった。


午後五時、東大阪市楠根の楠根南集会所に捜査員が招集された。高井田署刑事課長が立って、メモを見ながら事件報告をする。

「本日、午後一時ごろ、楠根一丁目のパチンコ店『ジャック・アンド・ベティー』で、保育園児が行方不明になった。名前は相沢瑠美、四歳。東大阪市稲江三の二の『ふぁみーる・中野』七〇九号。家族は、父、相沢耕一、三十二歳、母、相沢悦子、二十八歳。悦子は午前十時すぎに瑠美を車に乗せて家を出て、十時三十分ごろ『ジャック・アンド・ベティー』に入店、瑠美を休憩所に待たせてパチンコをはじめた。そして一時十分ごろ、玉を景品に換えて駐車場に出たところで、瑠美の姿が見えないことに気づいた。店の従業員三人と瑠美を探したが見つからず、一時四十分に一一〇番通報。失踪時の瑠美の服装は、オレンジ色のフリル付き半袖ブラウスに白無地のスカート、赤のズック靴、髪に黄色のリボンをつけている。……以上、概要です」

　刑事課長は席に座り、次に、府警本部捜査一課班長の落合が立った。

落合はひとつ空咳をして、「捜査員の現場到着は一時五十分。直ちに店と駐車場周辺の捜索を開始した。その結果、店の客ふたりから、相沢瑠美とみられる女の子が駐車場で男と話をしていたという証言を得た」

　男は白い軽四のワンボックスワゴンのそばにかがみ込んで、指に真っ赤な小鳥をとまらせていた。瑠美は小鳥をじっと見つめ、男は瑠美に話しかけていた。

「瑠美が車に乗るところは目撃されてないけど、状況からみて、この男に連れ去られたことはまちがいないと考えられる」

　落合は言葉を切り、質問は？　といった顔で捜査員を見まわす。

「男の年格好と服装は」今津は手を上げて訊いた。「軽四の車種も分かったら」

「年齢は二十代後半から三十代前半。背は低く、小肥り。ショッキングピンクとでもいうか、派手な色のTシャツにジーンズ。緑か青のキャップをかぶってた。目撃者のひとりは、男の髪が金色やったといい、もうひとりは薄茶色やったというてる。ふたりとも、男の顔については、これといった特徴を憶えてない。……それと、ワンボックスワゴンの車種は不明。薄汚れた古い車のようや」

「そのピンクの男は、店内には入ってないんですか」今津はつづけた。

「従業員は誰も見てない。入ったら憶えてるはずや」

「男から親に接触は」一係の捜査員が訊いた。

「いまのところ、なし」落合はかぶりを振って、「相沢家の資産や、男の派手な服装、現場がパチンコ屋ということからみて、この誘拐は身代金目的やない。……パチンコ屋の駐車場でかわいい女の子を見つけて連れ去ったというのが本線やろ」

父親の相沢耕一は鶴見区放出《はなてん》の運送会社、吉川運送に勤める長距離トラックの運転手。母親の悦子は週三回、稲江の化粧品卸会社でパートをしている——と、落合は補足して、

「男は小鳥を用意してた。どこかで子供を誘拐しようと、車に乗ってあちこちのパチンコ屋を物色してたんや」

となると、男の狙いは性的ないたずらか……。今津は独りごちた。こいつは最悪のケースもありうる。

「相沢瑠美はどんな子です」落合班の捜査員が訊いた。

「明るくて、ひとなつっこい。犬や猫が好きで、飼ってくれと、母親にせがんでた」

今津はシャツの胸ポケットから、配られた瑠美の写真を取り出した。自宅マンション

のベランダだろう、髪の長い、眼のくりっとした女の子が手すりに寄りかかって、にっこり笑っている。今津は独身で子供好きでもないが、こんな娘だったら、けっこうかわいがるのではないかと思う。

「今後の捜査方針をいう」

落合は部屋の全員を睥睨《へいげい》するようにして、いった。「近隣各府県警と府下の全署に事件内容と容疑者の特徴を手配し、捜索範囲を楠根地区から広げて、東大阪市全域と大東市、大阪市の鶴見区、城東区、東成区、生野区をその対象とする。また、幼児姦、幼児愛、性倒錯、痴漢など、関連犯罪を調べて、前歴者および素行不良者をリストアップする。捜査本部は高井田署に設置し、高井田署長と本部捜査一課がこれを統括する」

やれやれ、今日は徹夜やで——。

今津は写真をポケットにしまい、煙草をくわえて火をつけた。

子供は助手席で眠っている。名前は「アイザワルミ」で、年齢は「四つ」。よほど生き物が好きなのか、車が走っているときも外を見ることはなく、頭や肩に鳥をとまらせて、ひっきりなしになにやら話しかけ、そのうちに声が聞こえなくなったと思ったら、スースーと寝息をたてていた。

ルミが眼を覚ましたら菓子でも食べさせよう。そして、家に連れて帰るのだ。おれの宇宙をルミが浮遊したら、どんなにかきれいだろう。生きた人形の乱舞。何千、何万もの色彩の戯れ。コケティッシュでエロチックで毒々しいまでの愛くるしさを、おれは思うさま舐《な》め尽くす。

5

モデルガンショップの経営者、延川《のべかわ》は露骨にうっとうしそうな顔をして、スリングショットを陳列ケースの上に並べた。左から六千円、五千円、三千円の三種類で、値段が高いほどフレームが頑丈になり、ゴムもそれに応じて太くなる。

「だいたい、月に何本ぐらい売れます」伊村が訊いた。

「せいぜい、二、三本かな。ブームのころは飛ぶように売れたけど」木で鼻をくったように延川は答える。

「買《こ》うた客の住所、名前なんかは分かりませんか」

「控えてないんですわ。こいつは規制対象とちがうさかい」

「モデルガンマニアがスリングショットを買うんやないんですか」

「ま、それが多いですわな」

「ほな、この店の馴染み客やったら、リストがありますやろ」

「お断りですな。そんなもん警察に渡したら、お客さんに迷惑がかかる。うちの信用にかかわりますわ」

「プライバシーは守ります。協力してください」

「そいつはおかしいな。おたくら、台帳を見て、客のとこへ行くんでっしゃろ。どこにプライバシーがありますねん」

延川は吐き捨てて、「もう十年ほど前や。スリングショットを使うた自動車盗が多発したころ、同じように警察が来ましたわ。しかたなしに協力したら、刑事が客の家や会社まで押しかけて、まるで犯人扱いや。おかげで、うちは苦情だらけ。わしはぼろくそにいわれて、ほんまに踏んだり蹴ったりやった。警察はわしらの税金を使うて商売の邪魔をするんでっせ」

「なにも、そこまでいうことはないでしょ」伊村は鼻白む。

「とにかく、うちの顧客台帳が欲しいんやったら、しかるべき令状を見せてくださいな。それが市民警察のルールでっしゃろ」

延川はスリングショットを箱にしまう。早く帰れという意思表示だ。

「ひとつだけ教えてくださいな」

松坂がいった。「スリングショットを買うた客の中に、真っ赤なセキセイインコを飼うてる人はいてますか」

あの赤い羽根はセキセイインコの尾羽根だと判明した。赤い色は頭髪用のヘアマニキュアで染めたものだと、二日前に科捜研から報告があった。

「知りませんな。客がカラスを飼おうが、ペリカンを飼おうが、わしの知ったこっちゃない」延川はうそぶいた。

「そうですか。……いや、どうも」

松坂は頭を下げ、伊村の腕をとって店を出た。阪急曾根駅に向かって歩く。

「なんですねん、あいつ。くそえらそうに」伊村が怒る。

「中にはああいうのもいてるがな。みんながみんな協力的なわけやない」

いちいち腹を立てていたら訊込みはできない。

「おれ、この事件は腐らせてしまいそうな気がしますわ」

「なにせ、決め手がないもんな……」

熱帯魚店から採取した指紋を照会した結果、犯人につながるような手がかりはなかった。〝OMG〟の刻印のパチンコ玉は、福島区野田阪神駅前の『オメガ』の玉と判明し、一度、訊込みをしたが、誰でも入手できるものだけに、それ以上の進展はなし。また、スリングショットを使ったガラス破りの手口については、三年前に堺市周辺で空き巣と事務所盗が十数件発生し、犯人は逮捕されて、いまはまだ服役中である——。

「飯でも食いませんか」伊村は歩をゆるめて、「腹が立ったら腹減った」

「今日はもう、打ち止めにするか」

午後から豊中市内のモデルガンショップと銃砲店を三軒まわった。あとは署に帰って報告するだけだ。

「なにがよろしい」

「お好み焼きや」

バス停の向こうに提灯《ちょうちん》が見えた。


係長に報告を終えて腰を上げようとしたら、ちょっと待て、と呼びとめられた。

「今日の午後、東大阪で四歳の女の子が誘拐された。本部と所轄から二百人ほど出て、捜索にあたってる」

「ああ、そうですか……」いったい、なにがいいたいのだ。

「署長のとこに協力要請が来たんやけど、ひとつ気になることがあってな」

係長は一枚のコピーをデスクに置いた。松坂は手にとって読む。

――8月27日午後1時ごろ、東大阪市楠根のパチンコ店『ジャック・アンド・ベティー』の駐車場で相沢瑠美・4歳が失踪した。発見および保護を要請する――。

相沢瑠美の身長、体重、特徴、服装などが列記され、失踪時の経緯が書かれている。

――容疑者（男性）は二十代後半から三十代前半。推定身長160センチ・小肥り。

頭髪を金色または薄茶色に染め、緑または青の野球帽をかぶっている。着衣は鮮やかなピンクのTシャツと青のジーンズ。容疑者は白い軽四ワゴン車のそばで、相沢瑠美に赤い小鳥を見せて、これに興味を示した同女を車に乗せ、拉致《らち》したものとみられる。瑠美の母親・相沢悦子(28)は店内にいて、瑠美の失踪に気づかず、午後1時10分ごろ、駐車場に出て——。

「どないや、これ……」

「確かに、ひっかかりますね」

赤い小鳥だ。それが気になる。

「念のためや。捜査本部に電話入れてくれるか」

「了解。高井田署ですな」

松坂はコピーを持って席にもどった。警電の受話器をとる。

——高井田署です。

——西淀署捜査三係の松坂といいます。楠根の誘拐事件の捜査本部にまわしてもらえますか。

——お待ちください。

電話は捜査本部につながった。相手は木島という本部一課の主任だった。

——相沢瑠美の保護要請について手配書を見たんですけど、ひとつ聞きたいことがありまして。

赤い鳥について、松坂は質問した。木島は「真紅の小鳥」だといい、鳥の種類までは分かっていないと答えた。

——小鳥のことが気になったんはどういうわけです。

——二十一日の未明、西淀の熱帯魚店に侵入盗があって、現場にインコの尾羽根が落ちてたんです。ヘアマニキュアで真っ赤に染めた羽根というのが妙でね。

——真っ赤な尾羽根、ですか。

——セキセイインコに赤無地というのはないそうです。大型のインコ類には、尾羽根の赤いのがおるみたいやけど。

——実はこちらにも、目撃者の見間違いやないかという意見があったんですわ。頭から尻尾まで赤い小鳥はおらへんはずや、とね。

——カナリアには赤の変異種があるけど、朱色がかった赤やそうです。

——なんでまた、羽根を染めたんですかね。

——さあね、どういうわけやろ。

それが分かったら苦労はしない。

——その、赤い羽根の調べはどうなってます。

——西淀署管内のペットショップは訊込みをしました。成果はありません。

一羽が千円ほどのセキセイインコを売った客を、店員はいちいち憶えていないのだ。犯人が赤いインコを飼っているという確証もない。

——それより、容疑者が髪を染めてるのは確かなんですか。

——金色でなかったら、かなり明るい茶色ですわ。それはまちがいない。

——なるほど。そいつはよろしいね。

——なにか、手がかりが。

——いや、手がかりというほどのことやないけど……。

調べてみよう、と思った。

——また、連絡します。

電話を切った。伊村を手招きする。

「これから、ちょっとつきおうてくれへんか」

「どこです」

「野田の『オメガ』や。行って、訊きたいことがある」上着をとって立ち上がった。

6

『オメガ』は客でいっぱいだった。空いている台はほとんどない。松坂はパチンコをしないので、なぜこんなものが依存症になるほどおもしろいのか理解できない。所詮はコンピューター相手の博打に、主婦やサラリーマンが勝てるわけないだろうに。

店長の大塚は景品交換所にいた。松坂と伊村をみとめて、

「あ、先日はどうも」と、愛想よく頭を下げた。

「こちらこそ、失礼しました」松坂も低頭して、「ちょっと時間をもらえませんか」

「いいですよ。立ち話もなんやし、上へ行きますか」

大塚は交換所横のドアを開けて、階段をあがった。従業員用の休憩室に入る。

「飲み物は」

「すんませんな、コーヒーを」松坂はパイプ椅子を引き寄せて座った。

大塚はコーヒーサーバーのコーヒーを紙コップに注いで持ってきた。松坂と伊村の前に置いて、腰を下ろす。

「さて、なんですやろ」

「このあいだの話の続きなんやけど、髪の毛を金色か薄茶色に染めた小肥りの男に心あたりはないですか。……二十代後半から三十代前半。派手なピンクのTシャツを着て、野球帽をかぶってるかもしれません」

「いまどき、金髪や茶髪の客は多いですけどね」大塚は首をひねって、「背はどれくらいです」

「百六十センチ。かなり低いです」

「金髪で小肥り。背が低うて、そう若くもない……」

大塚は視線を天井に向けてしばらく考え、「ひとりだけ、そんな客がいてますね」

「えっ、そうですか」

「なんか、いつも俯いてるような暗い感じでね。……キャップをかぶってたこともありましたわ。頭の後ろから、もじゃもじゃとした金髪がはみ出してて」

「そら、おもしろいな。服装はどないです」

「さあ、服は憶えてないですね」

男は週に一度くらい店に現れるという。ウイークデーの昼すぎに来て、負ければすぐに姿を消し、勝っているときは夜まで台の前に座っている。「年齢《とし》は三十ちょっと前かな。勤め人ではなさそうやし、金も持ってるようには見えませんわ。負けても、せいぜい五、六千円でしょ」

「最近、その男を見かけたことは」伊村が訊いた。

「そういや、ここ二週間ほど顔出してませんわ」

「どこに住んでるかは分からんでしょうね」

「そこまでは、ちょっとね……」

「白い軽四のワンボックスワゴンに乗ってる可能性があるんです」

「車のことは分かりません。この店にはパーキングがないから」

「男と店の従業員が話をすることはないですか」

「商売柄、スタッフには、客と親しくするなと指導してるんです」

「男は手乗りの赤いセキセイインコを飼うてるかもしれんのです」

伊村は低くいって、「まさか、見たことはありませんわな」

「ホールに鳥を持ってくる客はおらんでしょ」

妙なことを訊く、といった顔で大塚は答える。「その、インコがどうかしたんですか」

「わるいけど、詳しい理由はいえんのです」

「ふーん、そうですか」大塚はうなずいて、「スタッフに訊いてみますか。ほかにもなんか、憶えてるかもしれへんし」

「助かりますわ。お願いします」

大塚の計らいで、十二人の従業員がひとりずつ休憩室に入ってきた。九人が〝金髪の小肥り〟のことを知っており、中のひとりが、〝男はいつも派手な服を着ている。蛍光のレモン色のTシャツと緑のズボンを見たことがある〟と話した。

また、ほかのひとりは、〝男は福島区役所の近くに住んでいるのではないか。三ヵ月ほど前の夕方、食事をしてホールにもどる途中、区役所の前で男とすれちがったことがある〟といった。ただすれちがっただけで、そう決めつけるのは早計だが、男が福島区役所（野田阪神駅の西、約五百メートル）の近辺に居住している可能性があることは判明した。

松坂は大塚に礼をいって、『オメガ』を出た。バス停の灰皿のそばに立って煙草を吸いつける。

「男のヤサを突きとめたいな」

「福島署へ行ってみますか」住民台帳を見たらどうかと伊村はいう。

「名前が分からんのでは、どないもしようがないやろ。込みをかけるにしても、たったふたりではな」

松坂は舗道に視線を落として、「な、村やんはどう思う。わしらが追いかけてる男は、東大阪で子供を誘拐しよったんかい」

「共通項はあると思います。赤い小鳥とパチンコ屋……」

「しかし、一致点ではない」

犯人が熱帯魚店に赤い尾羽根を落としたという確証はないのだ。現場が西淀川区から東大阪市と、離れているのも気に入らない。

「魚も子供も生き物です。それを盗んだところも似てますわ」

「えらい乱暴な意見やな」

「主任は迷うてはる。この情報を高井田署に入れるべきかどうか」

「そら、迷いもするがな。わしが情報を流したら、捜査本部から捜査員が来る。何十人もの人員を割いたあげくに空振りしたら、わしは腹切って詫びんならん」

「ワンボックスワゴンを調べるのはどないです。福島区で車庫証明をとってるかもしれません」

「該当する車は何百台とあるやろ。ひとつひとつ、つぶしていく暇はない」

「ほな、小鳥屋はどうですか。区役所のまわりだけでも込みをかけてみたら」

「そうか、その手もあるな」

松坂は腕の時計に眼をやった。「いまは八時や。あと一時間、小鳥屋をあたってみて、それであかんかったら高井田署に電話する」

7

ルミがぐずりはじめた。「ママ、どこ」「おうち、かえる」と、泣き顔でいう。コンビニで買ったポッキーとアイスクリームを与えたら、よほど腹が空いていたのだろう、ぺろりと食って、「おうち、かえる」と、また、わがままをいう。

「おじちゃんの家に行くんや。ママが迎えにきてくれる」

「パパもくるの」

「来る。泣かずに遊んでたらな」うるさいガキだ。

駐車場に車を駐めた。周囲に人はいない。D棟のバルコニーにも、こちらを見下ろしているような人影はなかった。

ケージにビニールシートをかけて鳥を隠し、ルミを車から降ろした。手をつないで、裏の通用口からD棟に入る。エレベーターホールには誰もいない。

「ルミちゃんのお家はもっときれいか」

「うん。きれい」

エレベーターで五階に上がった。扉が開く。顔をのぞかせて廊下を見ると、一〇号室のあたりで、女がふたり、立ち話をしている。くそっ、井戸端会議は昼間にやれ。

舌打ちして、六階のボタンを押した。屋上に出て時間をつぶすしか方法《すべ》はない。

電話帳で調べてみると、福島区役所の近くにはペットショップが三軒あった。そのうちの一軒はスーパーの中の専門店だから、もう営業はしていない。あとの二軒に電話をしたら、一軒は留守番電話で、一軒は小鳥を扱っていないと答えた。

「しゃあない、もうちょっと範囲を広げてみるか」

福島区内で野田阪神駅から西側のペットショップは、さっきの三軒のほかに二軒あった。

――はい、『ペットセンター・勝尾』です。

――わたしは西淀署捜査三係の松坂と申します。突然の電話で失礼ですが、ひとつ教えていただきたいことがあるんです。

――西淀署、ですか……。

年配の男の声だ。とまどっている。

――これはいたずらとちがいます。本来なら直接足を運ぶべきですが、時間がない。なんとか信用してもらえませんか。

――どういうご用件です。

――セキセイインコを売ったお客さんの中に、金髪で小肥りの男はいなかったでしょうか。年齢は三十ぐらいです。

――それは、いつごろです。

――たぶん、ここ一年か二年のあいだやと思いますけど……。

――そんなお客さんはいないですね。セキセイをお買いになるのは、お子さんか、お母さんが多いんです。

――なるほどね。いや、どうもありがとうございました。

フックを下ろした。テレフォンカードを差しなおして、もう一軒に電話をかける。コール音が鳴るだけで、つながらなかった。

「望み薄ですね」伊村がいう。「ショッピングセンターやデパートには小鳥売場があります。セキセイインコはどこででも買えますわ」

「どこにでも置いてるペットなら、わざわざデパートまで買いにいくことはないやろ。ありふれた金魚や小鳥は、地元の店で買うのとちがうか」

「ああ、そうか。餌を買うにしても、その方が便利や」伊村は額の汗を手で拭う。

「まだ二十分ある。最初に電話した、留守電のペットショップに行ってみよ」

そこは《田辺小鳥店》といい、住所は吉野四丁目となっている。福島区役所からは歩いて六、七分だ。


階段で五階に降りた。廊下には誰もいない。

ルミの手を引いて一六号室に入った。ルミはもの珍しそうに部屋を見まわして、

「おじちゃんのおうち？」

「そう、おじちゃんのお家や」

「おそうじ、しないの」

「ルミちゃんがしてくれる？」

「いや」ルミは鳥のさえずりを耳にしたのか、手を離して和室に走っていった。床の間のケージの前に座り込んで、じっとインコを見つめる。

おれは服を脱いで風呂場に入った。汗を流す。

脱衣場のランドリーボックスから黒のスウェットスーツを出して着た。ルミを踊らせるのに、自分が目立ってはいけない。頭には黒のワッチキャップをかぶった。

「ルミちゃん、きれいなお魚を見せてあげようか」

和室の入口に立って、おれは話しかけた。


色褪せたグレーのテントに、大きく《田辺小鳥店》と書いてあった。一階の店にはカーテンが引かれ、二階の窓には明かりがともっている。庇《ひさし》の上のエアコンの室外機が鈍い音を響かせていた。

ガラス戸を引くと軋《きし》みながら開いた。鳥のはばたきが耳につく。

「こんばんは。失礼します」松坂はカーテンを分けて声をかけた。

「はーい」返事があって、奥の上がり框《がまち》のドアが開いた。エプロンをつけた小柄な女性がサンダルをつっかけて土間に降りてきた。

「どうもすみません。もう閉店してはるのに」

「いいえ、いいんですよ」女性は店の照明を点けた。狭い通路に餌の陳列台が引き込んである。

「あの、我々は客やないんです」

松坂は手帳を呈示した。「ちょっと、お訊ねしたいことがありまして」

「は、はい……」彼女は緊張した面持ちでうなずいた。

「この店のお客さんに、髪を金色に染めた小肥りの男はいないですかね。……セキセイインコを飼うてると思うんですが」

「はい。いてはりますよ」あっさり、そう答えた。

「ほんまですか」声がうわずった。

「金髪で、よう肥えた男のお客さんでしょ。いてはります」

「年齢は三十前。背は百六十ぐらいです」

「そう、そんな感じですね」

「野球帽をかぶることもあります」

「ええ。ツバを後ろに向けて、かぶってはったと思います」

「男はセキセイインコを買いにきたんですか」

「はい。十羽も買ってもらいました」

男が初めて店に来たのは半年前で、そのときは五羽のセキセイインコを買って帰った。次に現れたのが三ヵ月前で、また五羽のインコを買い、そのあとは一度だけ、二ヵ月ほど前に餌を買いにきたという。

「男はどこに住んでます。ご存じないですか」伊村は訊いた。

「ごめんなさい。あのお客さんは、ほとんど口をきかないから……」

「インコをヘアマニキュアで真っ赤に染める、とかいう話はせんかったですか」

「そんな話は聞いてません」

彼女はかぶりを振って、「そういえば、初めにセキセイを買ったとき、あのお客さんは『インコて、地味やな』と、ぼそっといいました。文鳥やシジュウカラよりはずっと鮮やかなのに、おかしなことというわ、と思いました」

8

おれの宇宙に夏の花が咲いた。オレンジ、黄色、赤、ブルー――、ルミがアロワナのまわりを浮遊する。ディスカスとアーリーも、ひらひらと空を舞い、色彩がはじけて飛散する。スポットライトを浴びたルミの姿は神々しいまでに美しく、星になって渦を巻き、蝶になって凝集する。

おれは陶酔し、光に溶けた。永遠の虹がここにある。

九時五十分――。

三十人の捜査員が吉野町に集結した。落合班の主任、木島が指揮をとって地取りの分担を決める。今津と玉沢は北港通りの北側、大開三丁目から海老江八丁目にいたる住宅地域の訊込みを指示された。

「わし、福島を歩くのは初めてやで。そろそろ五十年も大阪におるのにな」

玉沢はぶつぶついいながら前を行く。今津は笑って、

「玉さんは生まれたときから八尾を離れたことがないんでしょ」

「生粋の河内人や。市内のやつらとは出来がちがうわい」

玉沢の自慢は、夏祭に櫓《やぐら》の上で音頭をとることだ。昔ながらの正調河内音頭を歌えるのは広い八尾に五人もいないと、ことあるごとにいうのだが、実際に玉沢の音頭を聞いた人間は誰ひとりいない。ラッパの玉さん、というのが彼のあだ名だ。

「わしはこんな地取りはむだやと思うな。西淀署から入ったあやふやな情報を鵜呑《うの》みにして、うろうろ歩きまわらされてるだけなんや」

「けど、金髪に小肥りというのはわるくないですよ」

「そいつが赤い鳥を飼うとるんかい。どこのどいつがそれを見た」

「ま、ええやないですか。可能性があったら追うのが、我々の仕事ですわ」

児童公園のそばに、三階建のアパートがあった。ブロック塀の脇に白のワンボックス

ワゴンが駐められている。今津と玉沢はアパートに入って、一号室のブザーを押した。ドアが開いて、六十がらみの女性が顔をのぞかせる。

つかぬことをうかがいますが、このアパートに、年齢は三十前、金髪で小肥りの男性は居住してませんか——。いえ、ここにはいないですね——。

ほな、この近所でそんな人物を見かけたことは——。ありません——。

真っ赤な小鳥を飼うてる人は知りませんか——。知りません——。

アパートを出た。筋向かいの棟割長屋の一軒のドアをノックして、同じことを訊く。北へ百メートルほど歩いて五階建のワンルームマンションを見つけ、一階一号室のインターホンを押した。若い女性が出てきたが、言葉が通じない。東南アジアの女性らしい。

二号室は留守で、三号室のボタンを押した。ステテコに腹巻の男が出てきて、〝金髪、小肥り〟はいないという。頭を下げて、マンションをあとにした。

ルミは熱帯魚に飽きて、「おうちにかえる」といいだした。いくらなだめすかしても機嫌がなおらない。「ママ、ママ」といいながら、しくしく泣く。

おれはしかたなく、ルミを連れ出して和室に行った。襖《ふすま》を閉めて、ケージの中の鳥をみんな部屋に放す。ルミは少しのあいだ泣きやんだが、窓の下に座り込んで、また「マ

マ、ママ」と、べそをかきはじめた。おれはどなりつけたいのを抑えて、
「いい子にしてないと、ママは来ないよ」

「ママ、どこ」

「パパとふたりでルミちゃんを迎えにくるんや」

「タミーちゃんもいっしょ？」

「タミーちゃんて？」

「ルミのくまさん」泣きじゃくりながらルミは答える。

人間の子供がこんなに扱いにくいものだとは考えもしなかった。おれの思いどおりに動くことはまったくない。飲んで食って排泄《はいせつ》し、泣いて笑って、喋っていたと思ったら眠っている。こんな手のかかる生き物を、人はなぜ産むのだろう。

おれは後悔した。人間の子供はうっとうしい。視覚的には満足できるが、耳障りな甲高い声を出す。

ルミをどうすればいいのか分からない。東大阪のパチンコ屋へ捨てにいくにも、車の中で泣いたら、うるさくてしかたない。

「ルミちゃん、お菓子食べるか」頭をなでながら、おれはいった。

「うん」こっくり、うなずく。

「なにが好きや」

「ほな、おじちゃんが買ってくる」

ワッチキャップをとって立ち上がった。「ここでじっとしてるんやで」

「チョコレート」

9

十一時をすぎた。収穫はない。

今津と玉沢は大開三丁目から四丁目に入った。小さな寺の隣に二階建の文化住宅がある。そばのごみ置場で、中年の女性がごみ袋をポリバケツに詰め込んでいた。

「こんばんは。この住宅の方ですか」今津は声をかけた。

「ええ、そうですけど……」女性が振り返る。

今津は手帳を見せて、「この近くに、金髪で小肥りの男は住んでませんかね。年齢は三十前。真っ赤な小鳥を飼うてます」

「さあ、そんな人は知りませんね」

「そうですか……」

「真っ赤な小鳥て、どんなんです」

「セキセイインコやと思うんですが」

「赤い小鳥は見たことないけど、青い猫やったら見ましたよ」

「えっ、なんですて……」

「全身が青い子猫です。ぬいぐるみが歩いてるんかと、わたし、びっくりしました」

半月ほど前、海老江の府営住宅のそばで見た、と女性はいう。「あれは子猫に青のスプレーを吹きかけたんですわ。ほんまに、ひどいいたずらや」

「海老江の府営住宅は、この先ですね」

「まっすぐ行くと郵便局があります。その脇道を抜けたら大きな建物が並んでます」

「どうも。ありがとうございます」

今津は踵を返した。足早に北へ歩く。

「青い猫と赤い鳥……。当たりかもしれんぞ」息をはずませて玉沢がいう。

「たぶん、ふたつはつながってます」刑事のカンにぴんときた。

《府営海老江南住宅》は海老江下水処理場の東側にあった。低いフェンスと植え込みの向こうに四棟のビルが建ち並んでいる。どの棟も六階建で、各階に中廊下を挟んで十四室から十六室といった配置になっていた。

今津と玉沢はいちばん南のA棟に入った。管理人室はなく、メールボックスの二〇八号室に《A・班長》と書かれたカードが貼ってあるのを見て、二階へ上がる。班長というのは自治会のまとめ役だろう。

八号室のインターホンを押した。少し待って、

――どちらさん。

と、しわがれた男の声が聞こえた。

――夜分、すみません。高井田警察署の今津と申します。

手短に事情を説明すると、

――わし、昼間は会社やし、この住宅のことはよう知りませんねん。よめはんの方が都合よろしいやろ。

ドアが開いて、黒のトレーナーを着た中年女性が顔を出した。

「金髪の男の子やったら、何人かいてます。五階の大学生と、三階の……」

「いや、学生とちがうんですわ」

今津はあわてて手を振った。「三十ちょっと前の、小肥りの男です」

「そんな人は、A棟にはいませんね」

「ほかの棟にはいてますか」

「見かけたことはあります。裏の駐車場で」

「ほう、駐車場で……」

今津は考えて、「車に乗ってたんですか」

「軽四ですか」

「ええ。白い車に」

「小さい車です。クリーニング屋さんのバンみたいな」

「それやッ。それですわ」

玉沢がいった。「どの棟の、どの部屋です」

「そこまでは分かりません」女性は怯えたように上体をひいた。「駐車場へ行ってみてください。自転車置場の近くやったと思います」

そこまで聞いて、玉沢が走りはじめた。今津は女性に礼をいって、玉沢を追う。

通用口から裏の駐車場に出た。自転車置場に走る。そばに白のワンボックスワゴンが駐められていた。ところどころにあて傷があって、錆《さび》が浮いている。

今津はウインドー越しに車内を覗いた。暗いが、助手席にポッキーの空き箱、フロアにアイスクリームの容器がころがっているのが見えた。リアデッキに花柄のビニールシートをかけられた、四角い膨らみがあった。

「あれは鳥籠やぞ」玉沢がいう。今津もそう思った。

「中を見たいですね」

「キーがない」

「窓をこじあけたら」換気のためだろう、運転席と助手席のサイドウインドーの上部に三センチほどの隙間がある。

「刑事が泥棒の真似してどないするんや」

車が駐められている区画には〝D—23〟と、ペイント書きの表示があった。

「これは、D棟の二〇三号室か」

「いや、それなら三桁の数字になるはずです」部屋数より区画番号の方が少ない。

今津と玉沢はD棟に入った。メールボックスの一〇六号室に、《D・班長》のカードが貼ってある。

一階六号室、《高瀬善雄》のインターホンを押した。女性の声で返事があった。

今津は身分と名前をいって、ドアスコープに手帳をかざした。カチャッと音がして、ドアが開く。髪をひっつめにした、五十すぎの女性だった。

今津は一礼して、「この棟に、金髪で小肥りの、三十前ぐらいの男が居住してませんか」

「金髪で小肥り……」高瀬は下を向いて、「ああ、いてはりますね。五階か六階の男の人でしょ」名前は知らない、口をきいたこともないという。

「駐車場の〝D—23〟に車を駐めてますね。白のワンボックスワゴンです」

「ごめんなさい。車のことは分かりません」

「駐車場の契約は自治会で？」

「そうです。管理委員会があります」

「委員長は」

「C棟の小林さんです」

「勝手なお願いばっかりするようですけど、小林さんのところに連れてってもらえませんか」

「いいですよ。案内します」

うなずいて、高瀬は廊下に出てきた。

コンビニから帰ってくると、D棟の玄関から、水色のスカートの女と白いシャツの男、紺のポロシャツの男が出てきて、C棟の方に歩いていくのが見えた。まさか、刑事だとは思わないが、少しビクッとする。

三人の後ろ姿を見ながらD棟に入り、エレベーターに乗って五階に向かった。

小林が契約者名簿を持ってきて、D棟のページを指先でたどった。

「これですね。〝D—23〟は、五一六号室の深堀明彦さんとなってます。車庫証明もとってますわ」

深堀の年齢は二十七。職業と勤め先の欄は空白だ。

「ありがとうございました。我々が顔出したことは内緒にしといてください」

玉沢と今津は小林の部屋を出た。

「よし、本部に連絡や。応援を呼べ」

「高井田からやと、四十分はかかります」

「この近辺で地取りをしてる連中を集めるんや」

シャツのボタンを外して、玉沢はいう。「わしは駐車場へ行って、深堀の車を調べる」

「泥棒の真似をするんですか」

「たったいま、宗旨を変えた。ぐずぐずしてたら子供の命にかかわる」

10

日付が変わった。零時二十分、D棟五一六号室前の廊下に九人の捜査員が集結した。

「ええな。相沢瑠美の保護を最優先し、発見次第、身柄を確保する。深堀が抵抗するようなら、容赦はするな」

木島がいって、インターホンのボタンを押した。あとの捜査員はドアスコープの陰に隠れる。

木島はしつこくボタンを押した。返答がない。

「くそったれ、中におるはずやぞ」

木島はドアをノックした。「深堀さん」と、何度も呼びかける。

——なんや。

ふいに、インターホンから声が聞こえた。

——警察です。ここを開けてもらえませんか。

——警察がなんの用や。

——ちょっと話があるんですわ。ほんの二、三分でけっこうです。

——おれは眠たい。明日にしてくれ。

——深堀さん、ドアを開けてください。

——帰れ。迷惑や。

——どうでも開けてくれんのなら、力ずくで入りまっせ。

木島は傍らの捜査員に眼をやった。バールとワイヤーカッターを用意している。

そのとき、プツッとインターホンが切れた。

「あかん。ドア破れ」

落合班の捜査員がドアの隙間にバールをねじ込んだ。ノブが歪《ゆが》み、はじけるようにドアが開いた。もうひとりの捜査員がカッターでドアチェーンを切断し、九人が中になだれ込む。

ウグッ、ひとりが呻いて、ころげるように倒れた。襖の向こうに男がいて、スリングショットを構えている。

ヒュン、となにかが今津の耳もとをかすめ、後ろの壁からコンクリート片が散った。

「こいつッ」玉沢が走って飛びかかった。男の首に腕をまいて一回転し、俯《うつぶ》せになった男の腕をとってねじり上げた。ふたりの捜査員が馬乗りになり、手錠をかける。

「瑠美ちゃん」今津は和室に入って押入れを開け放った。

「どこや、返事をしろ」洋室に入った。子供の姿はない。

洋室は三畳ほどしかなく、奥にもう一枚ドアがあった。掛け金から鎖が垂れさがっている。

「瑠美ちゃん」ドアを引いた。瞬間、光がきらめいて何人もの顔がこちらを見た。無限の闇に浮かぶ幽鬼のような自分の顔、そこにひらひらとまとわりつく青と赤。極彩色の無数の魚が宙を泳いでいる。

今津は気づいた。この部屋は天井から壁、床にいたるまで全面に鏡を張っている。目眩のしそうな空間は底なしの井戸のようで、足を踏み入れたら吸い込まれる。

「パパ……」か細い声が聞こえた。

「瑠美ちゃん」ドアをいっぱいに開いて、洋室の明かりを中に入れた。大きな水槽の向こうに女の子がうずくまっている。

「もう大丈夫。お家に帰れるよ」

今津は相沢瑠美を抱き上げた。

玉沢と今津が深堀をあいだにはさんでリアシートに座った。助手席には木島、部下の荻原が運転し、前後にパトカーをつけて高井田署に向かう。

「な、深堀よ」木島がいった。「おまえ、なんで子供を誘拐した」

「知らん。おれは誘拐なんかしてへん」深堀の声がふるえる。

「金が狙いではないんやろ」

「おれはそんなわるいことせえへん」

「ほな、いたずらか」

「ちがう。そんなんやない」

「分からんな。ちゃんと説明してみい」

「あの、オレンジの服や。スカーレットの靴、レモンイエローのリボン……」

「派手な服ということか」

「おれは動く人形を見たかった。それだけや」

「あの奇妙な部屋の中でか」

「あれは部屋とちがう。万華鏡や」

「万華鏡……？」

「知らんのか。中から覗く万華鏡や」

「へっ、それで鏡を張ったんか」

「アクリルミラーや。高いんやぞ」

「いつ、あんな部屋を作った」

「いつでもええやろ。他人の趣味に口出しすんな」

住民登録によると、五一六号室には深堀の両親もいっしょに居住しているはずだが、二年前の春、両親は郷里の佐賀に帰り、以後は深堀が独りで住みつづけている。家賃の安い府営住宅にはよくあるケースだった。

「おまえ、変わってるな」木島は嘆息した。

「人間は誰でも変わってる」

「おまえは幼児を誘拐したんやぞ。分かってんのか」

「子供がついてきただけや。明日になったら帰すつもりやった」

「窃盗、誘拐、公務執行妨害に傷害……おまえ、凶悪犯なんやで」

スリングショットで撃たれた捜査員は胸に裂傷を負い、肋骨にヒビが入った。

「正当防衛や。おまえらは無断でおれの家に入った」

「な、深堀」今津は話しかけた。「おまえ、色に執着があるんか」

「虹や、虹」

「うん……？」

「こんな薄汚い世界はあかん。おれは色の中で生きてるんや」

「そのあげくが、あの万華鏡か」

「おまえらみたいなミジンコに分かるかい。おまえらは黒と灰色の世界しか知らんドブの中のミジンコじゃ」

「……」

「おれの眼を見てみい。紫のオーラが見えるやろ」

深堀は狂ったようにわめきだした。「おれの頭の中にはな、子供のころからキラキラの虹がかかってるんや」

うろこ落とし

1

淀川区三国元町。事件現場のマンション『サンアール・ハイツ』は、新御堂筋から一方通行路を東へ百メートルほど入った、神崎川《かんざき》の堤防沿いにあった。周辺はこぢんまりしたアパートや町工場の混在する住宅地で、川面から吹き上げる冷たい風に酸っぱいような臭いを感じるのは、対岸の染色工場からたちのぼる煙のせいだろうか。

五階の階段踊り場で、安積《あづみ》は五〇八号室に住む三木信子から事情を聴取した。

「子供といっしょにお風呂から出て、パジャマを着せたときです。——そう、八時ちょっとすぎやったと思います。チャイムが鳴って、玄関へ走ったんです。どなたです、というたのに返事がないもんやし、スコープを覗いたら、お隣の田代さんが立ってはるんです。それで私、ドアを開けました。……ほな、田代さん、顔から胸から真っ赤に染まってて、それが血やと気づいた途端、私、びっくりして腰が抜けそうになりました。田代さん、口あいてボーッと突っ立ったまま、なにもいわはらへんのです。――ええ、手にはなにも持ってません。裸足でした。『田代さん、大丈夫？』と、やっとの思いで声かけたら、ふらふらっとこちらへ倒れかかってきたんです。私、悲鳴あげてしまいました。田代さん、下駄箱にもたれかかって、うわ言のように『救急車』『警察』というばっかり。私は奥へ走り込んで、一一〇番に電話しました」

「で、パトカーが来たんは」

「たぶん、五分か十分ぐらいあとやったと思います」

信子は両手で顔を押さえ、短い息をついて、「私、電話で、なにをどう喋ったか憶えてません。あんな怖いこと、生まれて初めてです」

「田代恭子は玄関に座り込んだまま、じっとしてたんですな」

「私、バスタオルで田代さんをくるんで、ぶるぶる震えてました。『人を殺してしまった』と田代さんがいったとき、私の方が倒れそうになりました」

「今日の夕方から八時ごろにかけて、あなたはずっと家にいてはったんですね」

「はい。おりました」信子はこっくりうなずく。

「隣の七号室で、物音はせんかったですか。人が争うような音とか、悲鳴とか」

「すみません、なにも聞いてないんです」

「お子さんを風呂に入れたんは」

「七時半ごろやったと思います」

犯行時刻は午後七時三十分から八時のあいだだろう――。

「田代恭子が七号室に入居したんは、いつですかね」

「一昨年《おととし》の十二月です。このマンションが新築されたすぐあとに、私も田代さんも入居しました」

「あなたは田代恭子と親しいんですか」

「出会ったら挨拶《あいさつ》する程度です。あの人はお勤めに出てはるし、私は家にいてるから、生活の時間帯がちがいます。おとなしい上品な人という感じでした」

「被害者は女で、田代恭子の友人らしいんです。七号室に客が来るようなことは」

「さあ……これといって、気はつきませんでしたけど」

信子がかぶりを振ったところへ、梶野《かじの》が現れた。

「主任、終わりました」

「ああ……」検視が終了したのだ。

安積は信子に礼をいって、踊り場をあとにした。

五〇七号室は1DKで、玄関を入った左側にトイレとバス、右にダイニングキッチン、その奥が八畳の洋室といった間取りになっている。被害者、下川路《しもかわじ》由紀はテーブルとダイニングボードのあいだ、フローリングの床にうつ伏せになり、夥《おびただ》しい量の血だまりに上半身をうずめていた。白いセーターの背中いっぱいに広がった長い髪、ダークグレーのタイトスカート、黒のストッキング。まわりには、花瓶、コーヒーカップ、菓子皿などが割れて散乱し、壁から床、天井にまで飛沫血痕が付着して、激しい争いがあったことを示している。奥の洋室とバルコニーには四名の鑑識課員がいて、指紋採取や血液反応などの斑痕検査に余念がない。

「――刺殺ですな」

熱のこもらぬふうに、検視官がいった。「凶器は片刃で、峰幅の広い包丁かナイフようの刃物。胸から腹にかけて四ヵ所の刺創があります。確かなことは開いてみないと分からないが、おそらく左胸の傷が致命傷でしょう」

「すると、凶器は……」

安積は流し台に眼をやった。扉の内側に二本の包丁――牛刀と菜切り包丁――が差してある。

「あれはちがいますな。血が付着してないし、峰幅も狭い」

「恭子が処分したんですかね」梶野が口をはさんだ。

「それはないはずや」と、安積。「田代恭子は血まみれのまま、茫然自失の態で、隣の八号室へ歩いていった。手にはなにも持ってなかった」

「けど、あの包丁のほかに刃物は見あたりません」

「被害者を運び出したら、この部屋を徹底捜索する。廊下と階段室、エレベーターも調べるし、凶器は必ず見つかる」

「それまで、ぼくは訊込みにまわります」

「四階の七号室に、富《とみ》やんがいてるはずや。応援したってくれ」

「了解。夜の更《ふ》けんうちに四階と三階を片づけますわ」

梶野は口早に答えて、部屋を出ていった。

安積は壁に寄りかかって遺体を見下ろす。一課の主任として、この種の光景に馴れがあるとはいえ、やはり気分のいいものではない。

田代恭子と下川路由紀、この殺人は最初から加害者と被害者が判明している。ふたりの交遊関係と動機を洗えば、事件は容易に解決するだろう。——欠伸《あくび》をかみころして、安積は浅くうなずいた。

2

翌十二月十五日、午前十一時。

淀川東署、二階会議室に捜査会議が招集された。出席者は、府警本部から捜査一課長補佐と安積の所属する佐々木班の捜査員十二名、淀川東署から署長、副署長、刑事課長以下、九名の捜査員。効きすぎた暖房と煙草のけむりで、狭い部屋はひどく息苦しい。

はじめに一課長補佐が、事件の早期解決に向けて専心努力されたい、と型どおりの挨拶をし、次に班長の佐々木が立ち上がった。

「剖検の結果、下川路由紀の死因は心臓に達した刺創による出失血死と判定されました。凶器は出刃包丁で、これはサンアール・ハイツの建物の南側、五〇七号室のバルコニー下の植え込みで発見しました。田代恭子は包丁を捨てたことをまったく憶えておらず、無意識のうちにそうしたと考えられます」

「出刃包丁に指紋や血痕は」副署長が訊いた。

「刃と柄に多数付着してます。指紋は田代と下川路のふたり、血液も田代のA型と下川路のB型の二種が付着して、これはふたりが包丁を奪いあって争った状況を示してます」

出刃包丁は新品で、田代恭子によると、由紀が隠し持ってきたものだという。現場に残された由紀のショルダーバッグの中に、包丁を買った金物店——阪急三国駅前、桜井金物店——の紙袋があり、袋には魚の鱗《うろこ》落としも入っていた。

「店主の桜井から裏はとってます。十四日の午後六時半ごろ、下川路由紀らしい濃紺のコートを着た客が店に入ってきて、出刃包丁を欲しいというたんです。寄せ鍋でもするんですか、と桜井が訊いたら、鯛をおろすと答えたので、鱗落としもどないですと勧めたそうです。由紀はあっさりうなずいて、七千円の包丁と千八百円の鱗落としを買いました。その金物店には、今朝、もういっぺん捜査員が出向いて、被害者の顔写真を見せてます。客は間違いなく、下川路由紀でした」

「で、現場に鯛はあったんかいな」署長が発言した。

「ありません。由紀は包丁を手に入れるために、適当な嘘をついたんです」

「ほな、下川路由紀は田代恭子を？」

「明白な殺意があったかどうかはともかく、出刃包丁で田代を脅すか、危害をくわえる意志はあったと考えられます」

「そのことについて、田代恭子はどういうてる」

「かなり混乱してて、まだ念入りな調べをできる精神状態やないけど、由紀が包丁を持って切りかかってきたと供述してます。田代は、左腕に三ヵ所、右の掌《てのひら》に一ヵ所の切り傷があって、全部で二十針ほど縫いました。治療した医師は、防御創と判定してます」

「つまり、正当防衛、ですな……」ぽつり、と副署長がいう。

「今のとこ、そう判断してもええような状況ではありますけど……」

つぶやくように佐々木は応じて、「分からんのは動機です。恭子と由紀は幼なじみで、もう二十年以上の仲です。ふたりとも年は三十一で、中学から大学までいっしょ。いったいなにがこじれて、こんな羽目になってしもたんか、不思議な気もします」

――下川路由紀は昭和四十年、池田市五月山《さつき》の醤油醸造元『金路《きんじ》』の当主、下川路秀生と、その後妻、夏代子のあいだに生まれた一人娘だった。小学校から高校まで西宮の私立尚修《しょうしゅう》館《かん》女子学院に通い、神戸の瑞光《ずいこう》女子大学を卒業して、六十三年、七歳年上の建築家、吉川幹雄と結婚。幹雄は下川路家の婿養子となった。夫婦には真樹《まさき》という四歳の子供がいる。

下川路秀生(79)は平成二年に醤油醸造を廃業、七百坪の工場跡地に賃貸マンション『薫風荘《くんぷうそう》』を建てて悠々自適の暮らしをはじめたが、平成六年に脳梗塞《のうこうそく》発作を起こし、以来、寝たきりの日常を送っている。

――田代恭子は昭和四十年、田代義市《ぎいち》と芳子の二女として生まれ、箕面市の牧落小学校を出て尚修館女子学院に入学。瑞光女子大を卒業後、大阪市中央区の繊維商社に勤めて現在に至っている。結婚歴はない。

田代義市（65）は昭和二十五年から『金路』に勤め、平成二年の廃業まで経理、総務を担当した。いまは年金で生活している。

「戦前、義市の父親が金路の大番頭やったんです。それが縁で、義市は金路に奉公した。二女の恭子を私立の尚修館へやったんは、当主の秀生から、そうしてもらえんかと頼まれたためで、学費の何割かを秀生が援助してくれた。いわば、『お嬢様のご学友』といった感じのつきあいを求められたみたいです。……肝腎《かんじん》の、由紀と恭子の仲については、これからの捜査で詳しい事情を明らかにするつもりです」

「――しかし、田代恭子は何で包丁を投げ捨てたんですかな」

副署長が腕組みをした。「これが正当防衛なら、そんな証拠湮滅《いんめつ》みたいな真似せんでもええやないですか」

「恭子は由紀を刺したあと、ぼんやり立ちすくんでたんやと思います」

刑事課長が応じた。「しばらくして、ハッと気づいたら、右手に出刃包丁を握ってる。なかば無意識のうちにバルコニーへ出て、包丁を捨てたんです」

「警官が現場へ入ったとき、バルコニーのガラス戸はどないやったんや」

副署長の口調が一変した。刑事課長の上司であるだけに無遠慮なものいいをする。

「開いたままでした。ダイニングから奥の洋室まで、血のついた足跡と血痕が点々と付いてます」

「犯行時刻は判明したんか」

「午後七時四十分前後です。四〇七号室の居住者が、階上で人が争うような音を聞いてます」

「阪急三国駅前からサンアール・ハイツまでの時間は」

「歩いて約十五分。由紀は六時五十分ごろ、五〇七号室の田代恭子を訪れたと考えられます。ふたりはコーヒーを飲みながら五十分ほど話し合いをし、興奮した由紀が包丁を取り出した。由紀は恭子に切りつけ、格闘になった。恭子は包丁を奪い取り、由紀を刺した。由紀の体に四ヵ所の刺創があったのは、息を吹きかえして襲いかかってくるのを恭子が恐れたためで、これは体力のない女性に特有の犯行状況です。現場から採取した指紋を照合したところ、恭子と由紀以外のものは発見されませんでした」

「ちょっと、よろしいか」

淀川東署の捜査員が手を上げた。「こいつが正当防衛になると、田代はどうなりますかね」

「それは難しいところですな」

一課長補佐が同じように手を上げた。「喧嘩両成敗。正当防衛は刑法総則に規定されてるけど、むかしから議論があって、これといった基準がない。反撃の必要な限度の判定が難しいんです。わし思うに、この事件の場合、過去の判例からみて、裁判所は田代恭子の過剰防衛を認めて刑の減免をするんやないかな。……ま、情状にもよるけど、懲役五、六年に執行猶予がついて、実際の刑は執行されないという可能性もある。そのあたりの事情を洗うのが今後の捜査ですわ」

「よし、分かった。田代恭子と下川路由紀のつながり、ふたりの身辺捜査、これを基本にして犯行に至った動機をつめてくれ」

最後に署長が発言して、長い会議を締めくくった。

3

安積と梶野はＪＲ大阪環状線天満《てんま》駅を出て、天神橋筋を北へ向かった。おりからの雨で、ビルの軒下をたどって足早に歩く。

「寒いですね」後ろから、梶野がいう。

「寒いな。……もうすぐ大晦日や」安積はコートの襟をかきあわせる。

「主任は何回めの正月です」

「四十と数回。いつの間にやら、年とってしもた」

「三十すぎたら、あっという間に四十になるといいますね」

梶野はこの十一月で三十二になったという。「——見合いで結婚して、子供もふたりできた。これといった不満もない生活やけど、あとは借金してマンションの一室でも買うのがただひとつの目標なら、あまりにも小市民的な人生やないかと、最近はそんなことばっかり考えますわ」

「人間いうのは悟れんもんや。わしみたいに四十すぎたら、生活を変えようにも変えられん」

浪花町の天仁ビル、石張りの階段を上がってエレベーターホールに入った。壁の案内板を見て、八階『下川路幹雄アーキテクト・オフィス』を確認する。エレベーターのボタンを押した。

「そやけど、こういう訊込みは憂鬱《ゆううつ》ですね。なんべんやっても馴れることがない」

「しゃあない。誰かがせないかんのや」

エレベーターの扉が開いた。


「どうぞ、おかけください」

下川路幹雄は安積と梶野を応接室に招じ入れ、ふたりがソファに座るのを待って、さも疲れたふうに腰を沈めた。長身、ダブルブレストのスーツ、薄茶のクレリックシャツにペイズリー柄のネクタイ、軽くウエーブをかけたオールバックの髪、セルフレームの眼鏡、鼻下にたくわえた細い髭《ひげ》――いかにも建築家らしい押し出しだが、眼は赤く充血し、頬がこけて、憔悴《しょうすい》しきった表情だ。

「このたびはどうも、大変なことで……」

「そう、大変なことです」

下川路は力なくうなずいて、「きょうは休みにしました。所員がいないので、お茶も出せませんが」

「けっこうです。お気遣いなく」

「由紀は今夜の九時ごろ、帰ってくるんです。口もきけない、冷たい体になってね」

「お通夜とか、告別式の準備は」

「義母《はは》がしてくれてます。由紀は五月山へ帰るんです」

下川路の自宅『ピア・タカシマ』は豊中《とよなか》の緑丘にある。「こうして事務所に出ていれば、少しは気がまぎれると思ったんですが……どこにいても同じですね」

「お子さんはどうしてるんです」

「五月山にいます。まだ母親が亡くなったことを理解できなくて」

「こんなふうにお話をうかがうのは我々としても辛いんですけど、これも仕事やし、ご容赦願います」

「いいんです。なんでも訊いてください」下川路は顔をもたげた。

「ほな、手短に」

安積は頭を下げて、「きのう、奥さんが田代恭子に会うことはご存じでしたか」

「いえ、知りません」

「田代から奥さんに連絡は」

「最近は少なくなりましたね。月に一回くらい電話がかかってくる程度でしょうか。もっとも、私が家にいるのは夜だけですが」

――下川路が恭子と最後に顔を合わせたのは六月の中旬、土曜日の午後だった。恭子は手作りのケーキを持ってピア・タカシマを訪ねてき、下川路夫婦とシャンペンやワインを飲みながら談笑した。日暮れになり、夕食をいっしょにしようという誘いを断って、恭子は帰っていった。

「あの女がなにを喋ったか、よく憶えてません。夏休みをどう過ごすとか、由紀の好きな宝塚のこととか、他愛のない話だったと思います」

「それからあと、奥さんと田代が会《お》うたことは」

「何度もありますよ。高校、大学時代の友達と誘い合わせてスキーに行ったり、テニスをしたり……歌舞伎、宝塚、陶芸、飲み会と、子供をおふくろに預けて、よくあれだけ遊べるなと感心してました」

「正直なとこ、ふたりはどんな仲でした。ほんまに心を許した友達やったんですか」

「そう。友達だと信じてましたがね。ただ……」

下川路は口をつぐんで、虚《うつ》ろな視線を宙にやる。

「ただ……なんです」

「半月ほど前だったか、由紀がひどく怒ってたことがあります。恭子に裏切られた、あんな嘘つきはいないってね」

「嘘つき、ですか」

「だから、事情を訊いたんですよ。なのに、今はいえない、と首を振るばかりで、由紀は答えなかった」

「まったく、ひと言も答えはれへんかったんですか」梶野が口をはさんだ。

下川路は長いためいきをついて、

「女同士の諍《いさか》いだし、首を突っ込むのがいやだったから、ぼくも強くは訊かなかった。いったん臍《へそ》をまげたらテコでも動かない強情なところが、由紀にはありました」

「奥さんは包丁を持って田代の家へ行きました。その、田代の裏切りというのが原因ですかね」

「ばかな。なにかの間違いだ。由紀は刃物で人を脅すような、そんな大それたことをしでかす女じゃない」下川路は気色ばんだ。「あの女はどういってるんです。由紀が刃物を振りかざしたと言い張ってるんですか」

「田代の方も負傷してましてね」

安積はつとめて平静に答えた。「本格的な取り調べはこれからです」

「くそっ、いっそ、あの女が死ねばよかったんだ」下川路は吐き捨てる。

おっと、警察官を前にして、そういう不穏当な発言はあきまへんで——安積は胸のうちでいい、「きのうは先生、ここで仕事してはったんですか」

「どういう意味です。アリバイ調べですか」

「すんません。気分を害したら堪忍してください。相手がどんな立場の人であれ、関係者には訊ねることになっとるんです」

「一日中、ここにいましたよ」

下川路は唇を歪めた。「午前十時に出社。午後一時から三時まで、クライアントと近くのレストランで会食。事務所へもどって、アイデアスケッチの検討、所員と打ち合わせ。八時半をすぎて、夕食をとりに出ようかと思ったところへ、警察から電話が入ったんです」

その電話をかけたのは、佐々木班でいちばん若い富坂だった。いたずらだと勘違いされ、富坂は下川路にどなりつけられたらしい。

「悪夢です。病院で由紀に対面してからも、まだ信じられなかった」

下川路は俯き、肩を震わせた。膝の上にぽつりと広がるもの。「——由紀の顔は真っ白でした。呼びかけても口をきかず、手を触れても握りかえさず、冷たくて、静かで……。こんな理不尽なことがありますか。こんな辛いことがありますか……」

下川路は呻《うめ》き、嗚咽《おえつ》を洩らした。

安積は梶野をうながして立ち上がり、深く頭を下げて応接室を出た。

4

日はとっぷりと暮れ、雨は本降りになっていた。

安積は通りかかったコンビニエンス・ストアでビニール傘を買い、梶野にさしかけて、天満駅まで歩いた。濡れるのはさほど苦にならないが、風邪はひきたくない。

「六時か……」

安積は腕の時計を見た。「どないする、ここで飯食うか。それとも神戸で食うか」

ふたりはこれから三宮へ行く。下川路由紀と田代恭子の共通の友人で、尚修館女子学院のクラスメートである添田真奈美に会って話を聞く予定だ。損害保険会社に勤める添田には事前に電話をし、午後八時にセンター街の喫茶店へ来てもらうことになっている。

「神戸で食いましょ。生田《いくた》神社のそばに美味い焼き肉の店があって、学生のころは、よう通うたもんです」

梶野は須磨の私立大学を出ている。

焼き肉なら天満で食った方が安いし旨いと思ったが、梶野のいうとおりにした。

環状線で大阪、新快速に乗り換えて、三宮に着いた。

しのつく雨、繁華なネオン街を生田神社まで歩いてみると、梶野のいっていた焼き肉店は見あたらず、近くの煙草屋で聞けば、その店は五年も前につぶれたという。仕方なく、東門街《ひがしもんがい》の中華料理店で酢豚定食を食べたら、思わず箸を放り出してしまいそうな不味さで、千三百円を捨てたような気分だった。

八時五分前、安積と梶野はセンター街の『セプテンバー』に入った。奥の厨房脇の席にレモンイエローのスーツの女性が座っていて、添田真奈美から聞いた服の色と一致する。

「すんません、添田さんですか」

梶野が聞くと、女性はかたい表情でうなずいた。ソバージュの髪、切れ長の眼、小さめの唇、化粧は厚いが、なかなかの美人だ。

挨拶を交わし、シートに腰を下ろす。安積はブレンド、梶野はミルクティーを注文した。

「――わざわざご足労願って、ありがとうございます」

「いえ、帰り道ですから」

「さぞ、びっくりしはったでしょ。ニュースを聞いて」

「ショックでした。まだ、ほんまやと思えません」

真奈美は膝に視線を落とした。「きょう一日、仕事が手につきませんでした」

「さっそくですけど、田代恭子と下川路由紀について質問させてください」

安積は切りだした。「ふたりは幼なじみで親友やった。下川路由紀が結婚してからも、スキー、テニス、飲み会と、あなたや他の友達を交えて親しいつきあいをした。そやのに、何がどうこじれて、あんな事態になってしもたんか。そこが我々にはいちばんの疑問なんです。どんな些細なことでもけっこうです、添田さんに思いあたるフシはありませんかね」

「さあ、そういわれても……」

真奈美は顔を伏せたまま、「私はふたりの友達やけど、どちらかといえば、由紀の方と仲がよかったんです。中学二年のとき、由紀と親しくなって、それから恭子とも友達になりました」

「そのころ、ふたりの関係はどんなふうやったんですか」

「どんなふうって、私にはちゃんと分かりませんけど……」

真奈美は言葉を濁し、こくりとひとつうなずいて、「由紀はわがままなお嬢さん、恭子はそのお守り役。なんとなく、そんな感じがしてました」

「それは、あなたが事情を知ってはったからやないんですか。つまり、下川路由紀が金路醤油のひとり娘で、田代恭子の親父さんが金路に勤めてたという……」

「私がそのことを知ったのは高校生になってからです。由紀はお金持ちやけど、ぶることもないし、かわいくて甘えたやったから、みんなのマスコット的な存在でした。恭子はまじめで、成績はトップクラス。おとなびてたから、お姉さんみたいな感じでした。由紀はスポーツが得意で、ゴルフ、テニス、スキーと、なんでもこい。恭子は音楽が好きでピアノも上手やったし、その方面に進みたかったみたいやけど、由紀といっしょに瑞光大へ行ったんは、お父さんとお母さんの勧めがあったからかもしれません。——いえ、進学のことで、恭子が不満を洩らしたことは一度もありません」

と、そこへブレンドとミルクティーが来た。

安積は煙草に火をつけ、コーヒーにミルクを注いだ。

「下川路由紀と田代恭子の親しい友達は、あなたと、もうひとり、村尾淳子さん。四人のグループでしたね」

「そう。みんな年も同じやし、由紀と淳子は結婚してるけど、ときどき四人で飲みに行ったりしてました」

「田代恭子は瑞光女子大を出て、九年間、繊維商社に勤めてます。そのあいだ、恋人ができたとか、結婚するとか、そんな話は」

「聞いたことはないですね」

真奈美はかぶりを振った。「彼女、普段からプライベートな話はしないんです。いつも、私らがお喋りしてるのを黙って笑いながら聞いてるというふうで、美人やしスタイルもいいから、ちょっと冷たいなとか、澄ましてるなとか、そんなふうにとられることもあるかもしれません」

「下川路由紀はどないです。まさか、男はいてないでしょうな」

「由紀は男の人とつきあってました」

「えっ、ほんまですかいな」カップを運ぶ手がとまった。

「もう二年くらい前、五月山のお父さんが脳梗塞で倒れはったころから、由紀夫妻は家庭内離婚という状態でした。だんなが浮気するから私も遊ぶ、と由紀はいってました」

「ほな、下川路幹雄と義理の両親との折り合いは」

「あんまり、よくはないみたいです。特に由紀のお母さんとは、もう犬猿の仲で、口もきかないそうです」

喪主であるべき下川路幹雄が通夜や葬式の準備もせず、天満のオフィスにいた理由がやっと分かった。

「下川路幹雄の浮気の相手は」梶野が訊いた。

「そんなん、知りません」

「下川路由紀がつきあってる男というのは」

「さあ……」真奈美は眼を逸らした。「私、知りません」

「添田さん」安積がいった。「ほんまのこと、いうてください。決して迷惑はかけません」

「――歯医者さんです。私が知ってるのは、豊中に医院があって、そこへ由紀が通ってたということだけです」

「で、そのことを、下川路幹雄は」

「もちろん、気づいてません。その歯医者さんのことは由紀と私と恭子だけの秘密で、淳子は知らないはずです」

「へーえ、仲良し四人のうち、三人だけの秘密ですか」

「女同士のつきあいって、そんなもんです。四人の中でほんとに親しいのは、由紀と私、恭子と淳子という間柄でした」

「それは男のつきあいも同じですわ。人間には相性があります」

安積は笑い、コーヒーをすすって、「添田さんは下川路由紀と幹雄のなれそめをご存じですか」

「昭和六十三年のお正月、由紀とふたりで長野へスキーに行ったんです。同じホテルに泊まってたのが幹雄さんたちでした」

「なるほど。よくあるパターンですな」

「幹雄さんはハンサムやし、由紀は夢中になりました。五月山のお父さんもお母さんも、幹雄さんとの結婚には反対やったんですけど、由紀が家を飛び出して同棲してしまったんです。すったもんだのあげくに、婿養子でもいいからということで、渋々許しはったみたいです」

「実は、きょうの午後、下川路幹雄に会うて話を聞いたんです。半月ほど前、由紀が恭子に裏切られたというて、えらい怒ってたそうなんやけど、添田さんに思いあたることはありませんか」

「知りません。そんな話、初めて聞きました」

「下川路由紀はどういうわけで、包丁を持って田代恭子の部屋に行ったんですかね」

「分かりません。私にはなにも分かりません」

添田真奈美はつぶやくようにいって、テーブルのジュースに手をやった。「もう、四人で会うこともなくなりました」

5

十二月十六日、午前十時。捜査会議において、田代恭子の供述を箇条書きにしたメモのコピーが配られた。田代は天王寺の警察病院に入院していて、まだ正式な取り調べを受けられる状態ではなく、メモは係長の和田と部下の小谷が個室に入り、半日がかりで聞き書きしたものだった。

▼――十二月十四日、午後七時四十分ごろ、淀川区三国元町の賃貸住宅、サンアール・ハイツ、五〇七号の自室で、私は訪れてきた下川路由紀に襲われ、彼女が握っていた出刃包丁を奪い取って、彼女を刺し、死亡させてしまいました。由紀が私を襲った原因は、彼女の誤解であり、逆恨みであったと思います。

――十一月二十五日、午後五時ごろ、私の勤める繊維商社に下川路由紀から電話がかかり、私は七時に、梅田のお初天神通りの喫茶店『ソニア』で彼女に会いました。

由紀は私に、「土曜日のテニス合宿には行けない」といい、「でも、出席したことにしてほしい」といいました。十一月二十八日の土曜から日曜にかけて、私と由紀が所属するテニスクラブのレッスン合宿（鉢伏《はちぶせ》高原、石楠花《しやくなげ》荘）があったのです。

由紀が私に口裏を合わせるよう頼むのは、それが初めてではなく何度もありましたから、私は了承し、「もし幹雄さんから電話が入ったらどうする」と訊いたところ、由紀は電話番号を書いた紙切れを私に差し出し、「ここに連絡して」といいました。その番号は局番が四桁で、たぶん北陸方面のホテルだったと思いますが、捨ててしまったので、今は分かりません。私と由紀は曾根崎のおでん屋で食事をし、九時ごろ、別れました。

——十一月二十八日、私は午前七時に起床したのですが、ひどい頭痛と目眩がして、着替えもできず、朝食もとれない状態でした。私はテニスクラブに電話して、合宿をやめると伝え、そのあと自室の電話を留守番電話に切り替えて、月曜日までその状態にしておきました。由紀のご主人の幹雄さんから電話はありませんでした。

——ところが、十二月一日の夕方、会社に由紀から電話がかかりました。いらいらした口調で、話があるというんです。用件を訊いても、答えません。

七時に、ソニアで、私は由紀に会いました。由紀は席に座るなり、「みんな幹雄にばれてしまった。恭子のせいや」と私をなじりました。土曜の夜、幹雄さんが石楠花荘に電話して、ふたりとも合宿に出席していないことが分かったんです。

「そんなの、私の責任じゃない」売り言葉に買い言葉、私は思わずカッとして言い返しました。私が由紀に声を荒らげたのは、それが初めてでした。「ふしだら」「破廉恥」と、そんな言葉も出してしまいました。

「絶交や、あんたの顔なんか見たくもない」口論の末に、由紀は憤然として席を立ちました。お店のひとが驚いた顔でこちらを見ていました。

――由紀はわがままで、エキセントリックで、子供がそのまま大きくなったようなところがありましたが、甘えん坊で、人なつっこく、その場にいるだけでまわりが明るくなるような存在でもありました。

私は由紀に対して、ずっと自分を抑えてきたような気がします。内気で人見知りする私にとって、かけがえのない友達であったことは確かですが、そこに愛憎相半ばするものがあったことは否めません。

――十二月十三日の夜、由紀から電話がありました。「このあいだはごめん、私がわるかった」と謝り、「恭子に相談したいことがあるし、明日の晩、遊びに行ってもいいかな」といいました。由紀が自分から折れてくるなんて、ほんとに珍しいことでした。

由紀とのケンカを後悔していた私は、よろこんで同意しました。

――由紀が部屋をノックしたのは十二月十四日、午後七時前でした。私は彼女をダイニングに招き入れ、コーヒーを淹《い》れました。

由紀はほとんど口をきかず、椅子に座ってじっと下を向いてましたが、それはこのあいだの口論のせいだろうと思って、あまり気にはとめませんでした。

コーヒーを飲んで、しばらくしてから、

「私、別れることになってしもた」ぽつりと、由紀がいいました。

「幹雄さんと？」できるだけ平静に、私は訊きました。

「ちがう。島本さんと」

「島本さんって……」

「しらばっくれて。私がつきあってる人やない」

「そう……」

「恭子、あんたのせいや」

顔を上げた由紀の眼が据わっていました。「あんたが告げ口したんや」

「なにをいいだすの」もちろん、私は否定しましたが、由紀は聞きません。

「私は幹雄と別れて、島本さんと結婚するつもりやった。それをあんたがぶちこわしにした。我慢できへん」

「由紀……」私は当惑しました。由紀の不倫が幹雄さんにばれたのは私のせいではありません。

由紀はますます興奮して、涙を流しながら私を責めました。「謝り」「土下座し」「島本さんを返せ」と、もう支離滅裂です。

私は黙って聞き流しましたが、「飼い犬に手を嚙まれた」といわれたとき、とうとう堪忍袋の緒が切れました。

「出ていって」と、そう叫んだ瞬間、由紀がなにかを振りかざしてました。

私は由紀に切りつけられ、あとはなにも憶えてません。うっすらとした記憶の中で、バルコニーへ出たような気もします。

――私は取り返しのつかないことをしてしまいました。悔やんでも悔やみきれません。償えるものなら、私が死んでもいいと思います。

由紀、ごめんなさい。許してください。▲

「――と、これが田代恭子の供述や」メモをテーブルに放って、和田がいった。

「しかし、もひとつ合点がいきませんな」

安積は手を上げた。「なんで由紀は田代を脅さないかんのです。田代に謝罪させるのが目的なら、包丁まで持って行く必要はないと思いますけどな」

「いや、そうともいえんな」和田はあごをなでながら、「由紀は島本という男にのぼせあがってた。幹雄と別れて、いっしょになろうと考えてた。ところが、テニス合宿の一件で、幹雄は由紀を問いつめ、島本の存在を知った。幹雄は島本にねじ込み、島本は由紀に別れ話を持ち出した。……直情径行の由紀はすべて田代のせいやと誤解し、妄想はどんどんエスカレートして、なにがなんでも田代を懲《こ》らしめないかんという強迫観念にかられた。今の今まで逆ろうたことのない田代に、ふしだら呼ばわりされたんも我慢できんかったんや」

「ふむ……そういうことですかな」安積はまだ納得できない。

「田代恭子の調べをしたんは、このわしや」

文句があるのかというように、和田は腕を組む。「そやし、わしは下川路由紀に殺意があったとは考えてへん。……ふつう、非力な女が人を刺そうとするとき、あんな武骨で重たい出刃包丁は使わんもんや。由紀は田代を脅しつけようとして出刃包丁を用意し、興奮のあまり、それを取り出して切りつけたと、わしはそう判定したい」

「田代恭子の殺意はどうなんです。……子供のときからずっと下川路由紀の守《も》りをさせられて、他人にはうかがい知れん、積もり積もった鬱屈がある。それが爆発したとも考えられます」

梶野がいった。

「包丁を買《こ》うたんは下川路由紀や。田代恭子が由紀に対して衝動的な殺意を抱いたとしても、それを証明することはできん」佐々木が応《こた》えた。「恭子の手のひらや腕には防衛創が四つもある。由紀が恭子を襲ったことに疑いはない」

「すると、正当防衛ですか」富坂が訊いた。

「いや、やっぱり過剰防衛やろ」

「なんでです」

「この現場は恭子の部屋や。そやし、由紀が包丁出したとき、大声あげるなり玄関へ走るなりして、逃げるべきやったんや」

そいつは班長、常識論でっせ。逃げて逃げられるもんなら、誰も人を刺したりしまへんがな——安積は思ったが、口には出さない。

「田代恭子の供述について、裏をとってくれ」

佐々木は和田と小谷を見た。「十一月二十八日のテニス合宿、十二月一日のソニアでの口論、島本とかいう由紀の男、その三つや」

「島本は、たぶん豊中の歯医者ですわ」

梶野がいった。「添田真奈美という由紀の友達から聞きました」

「よっしゃ、分かった」と、和田。

「下川路幹雄と下川路秀生の関係はどないなんや」佐々木が加藤に訊いた。

加藤は煙草をもみ消して立ち上がり、

「下川路秀生は脳梗塞で二年前から寝たきりです。年も七十九やし、ちゃんとした話のできる状態やありません。後妻の下川路夏代子は由紀と幹雄を別れさせるつもりで、離婚訴訟や子供の養育権について弁護士と協議中でした。……幹雄が所長をしてる浪花町の建築事務所は、ここ半年ほど仕事らしい仕事がなく、部屋の賃貸料から所員の給料まで、毎月二百万を越す金が下川路家から出てたんですけど、夏代子は今までに貸し込んだ五千万円を慰謝料として、幹雄を切る考えでした」

――きのう訪れた天仁ビルの事務所が眼に浮かぶ。真っ白な布クロスの壁と天井、厚いグレーのカーペット、ガラスのパーティション、シーリングライト、白木とスウェードの北欧風ソファ、すべてがモノクロームにコーディネートされた瀟洒《しょうしゃ》なオフィスだったが、内実は火の車だったのだ。

「夏代子がいうには、大した能力もない建築技師に事務所まで構えてやったんは、下川路家の婿として恥ずかしくない体裁をつくろっただけで、真樹がいてなかったら、とっくのむかしに放り出してると、吐き捨てるような口ぶりでした。五十八でまだ若いだけに、気丈で、尊大で、一人娘が亡くなったというのに、涙ひとつ見せません。わし、あ あいう資産家の奥方は嫌いでんな」

「向こうも君に好いてもらいたいとは思てへん」

あっさり、佐々木は切り捨てた。「泣いてばっかりしてるより、それくらい気丈な方がええ。これから幼い孫を育て上げないかんのやで」

口早にいって、壁の時計を見上げる。

「――十一時や。今日はこれで解散」ひと声高く、そういった。

6

大江橋の北詰めを堂島川沿いに西へ歩いた六階建のビル。ガラス窓いっぱいにポスターを張りめぐらした一階のテナントが、村尾淳子の勤める旅行代理店だった。

安積と梶野はドアを押した。正面の受付カウンター、ショートカットの女性に身分を告げると、

「はい。私が村尾です」

といい、先に立ってビルの外へ出た。淳子はすらりと背が高く、ウエストの細いサーモンピンクの制服がよく似合っている。

車道を渡って、堂島川の上、ガーデンブリッジの花壇に腰かけた。

安積は煙草を吸いつけて、

「今日、三時から葬式ですな」

「喪服は持ってきましたけど、焼香していいものかどうか迷ってます」

「それは被害者、加害者、両方の友人ということで?」

「ええ、そうです」

「見送ってあげてください。故人がよろこびます」

「じゃ、そうします」淳子はほほえんだ。

「あなたは田代恭子と仲がよかったんですね」

「はい。大学で同じゼミでした」

「田代恭子は下川路由紀に対して、どういう感情を抱いてたんですかね」

「どういう感情って……」

淳子は川面に眼をやった。濁った緑色の水、さざ波が走っている。

「うまく表現できないんですけど、ただストレートな親しさというより、なにか、こう複雑な、顔をそむけながらも離れられないという、そんなつきあい方ではなかったでしょうか。恭子はしっかりしてるように見えて、自分を主張することが苦手なんです。だから、主導権はいつも由紀が握って、恭子が振りまわされる。由紀はあっけらかんとして翳《かげ》りがないから、恭子の胸のうちは分からなかったと思います」

「なるほど。的確な分析ですな」

「すみません。生意気なことといって」

「きのう、添田さんから、田代恭子にはつきあってる男がいてないと聞いたんですけど、それはほんまですか」

「恭子には恋人がいます」淳子は即答した。

「ほう、そうですか」安積はけむりを吐く。

「相手は年下で取引先の人やそうです。いっぺん顔を見せてというのに紹介もしてくれへんし、結婚する気はないみたいです。私、代理店に勤めてるから、恭子が旅行するときは、いつも二人分のチケットを頼まれます」

「しかし、航空券やホテルの予約をするとき、男の名前も要るでしょ」梶野がいった。

「『田代一郎』……その人の名前です」

ばかばかしい、メモをとる気にもならない。

「田代恭子は、よう旅行に行くんですか」

「はい。つい、このあいだも」

「どこへ」

「猪苗代湖。湖畔のホテルに一泊です」

「いつです」

「先月の第四土曜。……二十八日でしたか」

十一月二十八日はテニス合宿で、それを恭子はキャンセルしたはずだ。

「なんですて……」

「その猪苗代湖行きは、いつ田代から頼まれたんです」

「二十六日です。直前なので苦労しました」

十一月二十六日といえば、その前日の夜、恭子は由紀に会って、合宿には行けないといわれたのだ。

「村尾さん、ややこしいけど、今まで田代に手配した旅行の目的地と日付、残らず教えてもらえますか」

いきおいこんで安積はいった。

7

そして一週間――。

豊中市緑丘、大阪中央環状線から北へ一キロほど入った新興住宅地に『ピア・タカシマ』はあった。手入れの行き届いた芝生の前庭、広い敷地の南寄りに配された瀟洒な四階建のビルは、外壁は煉瓦《れんが》、切妻風の屋根と庇を緑の銅板で葺《ふ》いた和洋折衷のデザインだった。

「えらい豪勢なマンションですね」

「3LDKで七千万か八千万。そんなとこやろ」

十二月二十三日、午前七時。和田と安積、梶野の三人はピア・タカシマに入った。

「下川路のやつ、起きてますかね」

「今日は祭日や。まだ寝とる」

二〇二号室、下川路幹雄の表札を確認して、安積がインターホンのボタンを押す。

「府警の安積です」腰をかがめてそういうと、少し待ってドアが開いた。

下川路はパジャマの上に青いガウンをはおっていた。そう眠そうな顔でもない。

「いったいなにごとです。こんな早くから」

「すんませんな。不躾《ぶしつけ》は重々承知の上です」

「ちゃんとアポイントをとって、事務所へ来てもらえませんか」

「そら、我々も休日まで働きたくはないんですけどね」

「分かりました」下川路はためいきを洩らして、「入ってください」

ドアを大きく開いて、安積たちを室内に招き入れた。

二〇二号室の中央は二十畳のリビングルームだった。左にダイニングキッチン、右に寝室、バルコニーの窓際に観葉植物の鉢植が並んでいる。

下川路は安積たちをダイニングルームに案内した。テーブルの上に、フランスパン、ソーセージ、トマトサラダ、ゆで卵、オレンジジュース、コーヒー。

「ごちそうですな」

話しかけたが、返事をしない。

安積と和田は椅子を引いて座った。梶野は後ろに立っている。

下川路はソーセージをつまんで口に入れ、ゆで卵をむきながら、

「用件をいってください。八時になったら出かけるんです」

「へーえ、どこへ行きはるんです」

「京都です。国際会議場でセミナーがあってね」

「けど、先生、ひょっとしたら出席できませんで」和田がいった。

「どういう意味です」

「きのうの夜、田代恭子が口を割りましてね」

下川路の顔がわずかに上気した。卵をむく手がとまる。

「この事件は正当防衛でも過剰防衛でもない。下川路幹雄と示しあわせた上の計画的犯行ですと、涙ぽろぽろこぼしながら自供したんですわ」

「………」

「十二月十三日の夜、田代は由紀さんに電話した。……このあいだはごめん。私がわるかった。仲直りがしたいし、相談したいこともある。奮発して立派な鯛を買ったから、明日の晩、うちに来てほしい。鯛をおろす出刃包丁がないので買ってきて。……と、こんなふうに誘うたんですわ。かわいそうに、由紀さんはなんの疑いもなしに田代のいうとおりにして、鱗落としまで買うてしもた」

「――ばかな。でたらめだ」

かすれた声、下川路の口元が小刻みに震えている。

「田代はサンアール・ハイツの自室で由紀さんを刺し殺したあと、自分の左腕と右の掌を切り、出刃包丁の柄に由紀さんの指紋をつけた。正当防衛の物証となるべき包丁をバルコニーから捨て、隣の家の玄関に倒れ込むあたりは、推理小説顔負けの芸の細かさで、ほんま、感心しましたがな」

「芸の細かいのは田代だけやない」

安積が話をつぐ。「このあいだ、わしらが事務所へ行ったときの悲しみよう、あんたもなかなか上手な演技でしたわ。由紀は恭子に裏切られてひどく怒ってたと、伏線まで張ってくれたやないですか」

「……」

「あの歯医者の島本から、あんた、金をゆすりとろうとしたそうですな」

「人聞きのわるい。私はゆすりなんかしない」

「そう、あんたのほんとの目的は金やない。島本には妻子があり、由紀さんとは、いわゆる大人のつきあいというやつで、おたがい結婚する気なんかまったくなかった。あんたは島本を呼び出して、田代恭子から妻の不倫を知らされたといい、そのことを由紀さんに喋るよう仕向けた。ねらいどおり、由紀さんは梅田の喫茶店で田代と口論し、それを店の従業員に目撃されたというわけです」

下川路は眼をつむり、口をかたく結んで身じろぎしない。

「あんたと田代はもう三年越しの深い仲や。田代がサンアール・ハイツに入るとき、保証金を出したんは、あんたですわ」

「……………」

「十一月二十八日。あんたは田代といっしょに猪苗代湖へ行った。泊まったホテルは瑞穂レイクサイドホテル。なんやったら、あんたの書いた宿泊カードを見せまひょか」

「――私には動機がない。由紀が死んで得することはなにひとつない」

「五月山の薫風荘は、敷地が七百坪で、時価二十億。所有者の下川路秀生は寝たきりで、長うても、あと一、二年。秀生が死亡した場合、相続税は推定五億四千万で、残りの十四億六千万を、妻の夏代子、娘の由紀が二分の一ずつ相続するわけやけど、秀生との養子縁組をしてない婿のあんたには一円の相続権もない。おまけに、あんたは下川路家から離婚訴訟を起こされようとしている。ここで放り出されたら、建築事務所は閉鎖、路頭に迷うはめになってしまう。そこで、あんたは考えた。下川路秀生が死亡する前に由紀を殺してしまおう、離婚訴訟の対象となる配偶者を消してしまおうとね」

突然、テーブル上の皿が薙《な》ぎ払われた。下川路は顔を紅潮させ、肩を大きく震わせている。言葉は発しない。

かまわず、安積はつづけた。

「下川路秀生より先に由紀が死亡した場合、その相続権は子供の真樹に移り、あんたは真樹の親権者として、十四億六千万の半分を自由にすることができる。赤の他人である由紀との婚姻関係を切られることはあっても、血のつながってる真樹との関係を解消することはできんというわけですな」

「……」

「下川路さん、あんた、田代恭子に約束したそうやないですか。……ほとぼりが冷めたら、おまえといっしょになる。下川路秀生が死んだら、真樹が相続した資産の半分をやる。正直なとこ、約束を履行する気はあったんですか」

「ふっ、ふ、ふ……」

下川路は笑いだした。「恭子は私に惚れてたんですよ。いい夢を見たんだから、それでいいじゃないですか」

「違う。恭子はあんたに惚れてへん」

「……」

「復讐ですがな。つまり、由紀へのあてつけ……」

「おれは種馬なんですよ。下川路家にとって、おれは跡継ぎを作るための道具にすぎなかった。……この屈辱があなた方に理解できますか」下川路はあざけるような眼を安積に向けて小さく手を振り、

「きょうは寒い。コートがいりますね」

髪をなでつけて、ゆらゆらと立ち上がった。

鑑《カン》

1

窓の向こうで微かな足音がした。十一時五十分。立ってカーテンの隙間から外を見下ろすと、川添純子が黒いポリ袋を手に集積場へ近づいてくる。白いトレーナーにグレーのスウェットパンツ、長い髪を後ろでくくっている。

今村はうなずき、ほくそえんだ。川添純子が毎週水曜と土曜のごみ回収の当日にごみを出すことはほとんどなく、前日の深夜にこっそり集積場へ持ってくる。彼女のごみは生ものが少なく、その名のとおり、純度が高い。

川添純子はブロックで囲われた集積場の隅に袋を置いた。そこにはすでに小西優美のそれを含めて三つのごみ袋があるが、今村はちゃんとめぼしをつけていて、間違えるようなことはしない。

今村は窓から離れ、押入の戸を開けた。ぎっしり並んだ段ボール箱の中から《川添純子》と《小西優美》と書かれた二つを抜き出し、ダイニングへ抱えていってテーブルの上に置く。煙草を吸いつけて椅子に座ると、わずかに勃起していた。

午前零時二十分、今村は寝室と台所のごみをまとめてポリ袋に入れ、持って外へ出た。隣の二〇二号室と、その隣の二〇一号室は明かりが消えている。赤錆《あかさ》びた鉄骨階段、サンダルの音が低く響く。裏の通用口から路地に出て集積場へ。一年ほど前、通用口のところで一〇五号室の岡崎すみ子にぶつかってからは、用心して自分のごみも捨てるようにしている。

薄暗い街灯の下、今村はすばやくあたりを見まわし、川添純子のごみ袋と小西優美のごみ袋を拾った。両手に提げて足早に路地へ入り、階段を上がって部屋へもどる。快い緊張感、期待に胸が高鳴る至福のとき。

ドアの錠を下ろし、インド製の『ムスク・アンバー』という香に火を点けた。香を焚《た》くのは生ごみの臭いを消すためで、特に夏場は欠かせない。

テーブルの上に新聞紙を広げ、川添純子のごみ袋を解《ほど》いて、順に中身を並べていく。

ジャスコの袋に、りんご、梨、ぶどうの皮や種――。りんごの皮の剝き方は薄く、長くつながっていて、純子が器用な子だと分かる。芯についた歯形をみると、歯並びはあまりよくない。

スーパーのレシートには、肉、野菜、リンス、ハミガキ、ワイン三本など――。ワインを三本も買ったのは、部屋に男を呼んだからにちがいない。純子のごみからは染みのついたショーツや使用済みのスキンを何度か見つけたことがあり、日常的にセックスをしているらしい。ショーツや生理用品はひとつずつビニール袋に入れて、《川添純子》の段ボール箱の中にしまってある。

先月分の給料明細と水道料金の納付通知書、何枚かのダイレクトメールもあった。純子は准看護婦で、給料は手取り十六万円ほど。幼稚園のそばの『英和ハイツ』というワンルームマンションに住んでいる。実家は徳島市内で、看護学校卒業後、大阪に出てきたらしく、それは高校時代の友達に宛てた書き損じの手紙を読んで知った。字は下手で誤字が多く、国語は苦手だったようだ。

ダイレクトメールは英会話や瘦身《そうしん》美容の案内で興味なし。あと、掃除機の紙パックやクッキーのパッケージ、クレンジングクリームの容器といったガラクタばかりで、今回はめぼしいものがなく、給料明細と納付通知書だけをコレクションに加えた。

そうして、次に小西優美のごみ袋を解く。

まず、ローソンの袋に、弁当の空パックやインスタントのコーンスープ——。優美はいつもコンビニエンス・ストアで買い物をし、自炊はしないようだ。天王寺の弘成会理美容専門学校の学生で、ウイークデーは阪急東通りの『ビーンズ』というカラオケスナックでバイトをし、時間給は千二百円。終電車に乗り遅れたときは男の部屋に泊まるらしく、すっぴんで朝帰りするところを何度か見かけたことがある。優美は体臭が強く、手に入れたTシャツやショーツにはかなり濃い匂いが残っている。それはもう最高だ。

ローソンの袋の下には、女性週刊誌、トイレットペーパーの芯、丸めたピンクのフェイスタオル——。タオルを取り出して広げたら、中にブラジャーがあった。

「ああ……」宝物が出てきて頰がゆるむ。ひとしきりタオルの匂いを嗅ぎ、優美の髪だろう、細く長い毛が二本あったので口に含んだ。ゆっくり味わって呑み込む。

ブラジャーはベージュでアンダーバスト80のCカップ。後ろのホック部分がほつれている。眼をつむり、パッドを鼻に押しあてて大きく息を吸い込むと、えもいわれぬ濃密な匂いがして、頭がくらくらする。思うさまパッドの裏側を舐め、そこにあったであろう小西優美の乳首を唾液で濡らす……。

2

鑑識課員がバスルームの写真撮影をしている。シャッターの音が小さく聞こえ、ステンドグラスの窓越しにフラッシュの光が射し込んでくる。

女の死体はベッドの上にあった。全裸、仰向き、栗色に染めた髪、真っ赤な口紅、苦悶の表情で虚空を睨み、乱れたシーツには尿が染み込んでいる。

「死因は」嶋田は振り返って吉良に訊いた。

「扼殺《やくさつ》や」見れば分かるだろう、といった口調で吉良は答えた。死体の顔面には鬱血があり、喉頭の両側には顕著な青紫色の皮下出血が見られる。典型的な扼痕だ。

「犯人《ホシ》は被害者《ガイシャ》に馬乗りになって、両手で首を絞めよったんやろ」

「間違いなさそうですね」解剖を待つまでもなく、それは分かった。

「死亡時刻は午前三時半ごろや」

小さく伸びをして、吉良は補足した。市内の此花区に住む吉良は、嶋田より二十分ほど前に現場に来て見分をはじめている。

「被害者は三時ちょっと前に、男といっしょにチェックインした。三時四十分ごろ、連れの男がひとりでホテルを出たから、フロントの従業員は不審に思って、この部屋に電話した。なんべん電話しても応答がないし、ひょっとしたら、と経営者を起こして報告した。ふたりはマスターキーを使うて部屋に入り、腰を抜かして一一〇番したというわけや」

経営者は古沢亮一、六十五歳、従業員は谷真知子、五十九歳——と、吉良はメモ帳を見て、「被害者は恵美須《えびす》東のスナックのホステスや。通天閣そばの『欅《けやき》』いう店で、丸やんと土居が確認に走ってる」

「なんと、もうそこまで割れたんですか」

いまは午前六時。通報から二時間ほどしか経っていない。

「古沢が被害者の顔を知ってたんや。被害者はしょっちゅうこのホテルを利用して、そのたびに連れの男が変わってた」

「ほな、この仏さんはプロですか……」

死体を眺めてつぶやいた。顔と体つきからみて、四十代の後半か。

「男は二十から三十代。痩せて背が高い。白っぽいシャツを着てた」

「たったそれだけですか、特徴は」

「男が玄関を出るときに、谷が帳場の奥からちらっと見ただけや。銀縁の眼鏡をかけてたように思う、と谷はいうてる」

これはおそらく、流しの犯行だ。鑑がなければ、捜査は長びく。

——と、そこへ出入口のドアが開いて、鑑識課員が四人、ぞろぞろと中に入ってきた。指紋と微物の採取がはじまる。

「狭いな」

吉良に背中を押されて廊下に出た。薄汚れた花柄のカーペット、壁のクロスは茶色に変色して染みだらけ。天井の蛍光灯が切れかけてちらちらしている。

「嶋やん、ラブホテルを使うことはあるんかい」

「よめはんとこんなとこへ来てもしゃあないでしょ」

「わしは盆と暮れだけやで」

吉良は笑って、こくりと首を鳴らした。


午後十時二十分、『ホテル軽井沢』付近の訊込みに出ていた捜査員が帰るのを待って、西成北署三階会議室に捜査会議が招集された。

出席者は、府警本部から捜査一課班長の矢野警部以下、矢野班の十二名、西成北署からは署長、副署長、刑事課長以下、鑑識を含む三十二名の捜査員。幹部連中は黒板を背にして長テーブルの向こうに陣取り、吉良や嶋田たちは折りたたみの椅子に腰かける。

初めに、西成北署の捜査一係長、熊谷が立った。コホンとひとつ空咳をして、

「被害者の身元が判明しました。……新井芳江《あらいよしえ》、四十八歳。浪速区大国《だいこく》二丁目のアパー

ト、星光荘一〇三号室に居住。家族、同居人はなし。浪速区恵美須東二丁目のスナック『欅』に、平成六年三月から勤めていて、ここへは徒歩で通うてます」
大国町から恵美須東へは直線距離で東へ約一キロ、女の足だと十五分ほどか。『ホテル軽井沢』は通天閣から南に約七百メートル、西成区山王《さんのう》の飛田《とびた》新地の一角にある。

「解剖の結果、新井芳江の死因は扼殺。死亡推定時刻は午前三時半ごろ。芳江は裸で情交の痕跡がありましたが、膣内から精液は採取されてません。犯人は使用済みのコンドームを便器に流したと思われます」

「動機はやっぱり、遊び代ですかね」

一係の土居がいった。この種の事件は〃料金〃にまつわるトラブルがほとんどだ。

「被害者はプロや。『欅』に来る客を誘うて売春してた」

しわがれた声で答えたのは本部班長の矢野だった。赤ら顔、短く刈り上げた半白の髪、額が狭くエラが張っていて、嶋田は蟹を連想した。

「『欅』の客は釜ヶ崎の労働者が多い。一見《いちげん》の客とみると、芳江は話を持ちかけ、ママの三好晴子はそれを黙認していた。身寄りのない独りの女は金だけが頼りやから、とな」

「ほな、被害者は『欅』の客と……」

「いや、芳江はひとりやった。『欅』の閉店が午前二時すぎ。芳江はアパートに帰る途中で男を拾たんやろ」芳江の胃内容物は牛肉、キャベツ、紅生姜などで、これは一時半ごろ『欅』で食べた焼きうどんだと、矢野はつけ加えた。

「客と話がついてて、外で待ち合わせたとは考えられませんか」吉良がいった。

「それは三好に確認した。昨日の『欅』の客は常連ばっかりやったし、常連は芳江を相手にせん。そんな日、芳江は飛田商店街あたりで客を引いたりすることがあるらしい」

矢野はテーブルの上のノートを広げて読み上げた。「三好晴子によると、新井芳江は鳥取県倉吉の出で、中学卒業後――」

集団就職で貝塚市の紡績会社に入り、七年後に地元の工務店に勤める型枠大工と結婚、堺に家を買った。子供はできず、十年めに夫が博打と酒で蒸発。堺の家も借金の抵当になっていた。

芳江は八尾に引っ越して、生命保険の外務員を振出しに、食品会社の包装係、喫茶店のウェイトレスなどをし、初めて水商売をしたのが千日前のキャバレーだった。そこで客の鉄筋工と知り合い、生野区のアパートに住むが、この男も無類の酒好きで仕事が長続きせず、殴られ蹴られのあげくに二年で別れた。それからはミナミや十三《じゅうそう》でホステス稼業をつづけながら、住吉、平野、阿倍野などを転々とし、『欅』に勤めたのは《ホステス募集》の貼り紙を見たからだという。

「――ま、これは三好が芳江から聞いた身の上話やし、誇張もあるやろうけど、大した嘘はないと思う。……芳江の両親は亡くなってて、六十三の長兄が倉吉に住んでる。芳江とはほとんど義絶状態やったけど、骨は倉吉の寺に納めるそうや」

新井芳江の葬儀をして遺骨を渡すには引受人が要るのだ。

「ホテルの部屋に遺留品はなかったんですか」地域課の捜査員が訊いた。

「あかんな。犯人は煙草の一本も吸うてへんし、シャワーも使うてへん。――芳江は『欅』を出るときに黒い革のハンドバッグを提げてたんやけど、これが紛失してる。犯人が持ち去ったらしい」

「バッグの中身は」

「財布、カード類、化粧品、アパートの鍵、そんなとこやろ」

カード類については、銀行、信用金庫、郵便局、クレジット会社などに新井芳江の名前を手配した。いまのところ回答はないと矢野はいう。「――それと、現場から採取した遺留指紋は八百個近くあって、照会の結果は明日か明後日になる。毛髪や体毛も二百本ほどあったけど、こっちの識別は相当の時間がかかりそうや」

「ほかにめぼしいブツはないんですか」矢野班の捜査員が訊いた。

「芳江の脱いだスカートとパンストに獣毛が五本付着してた。色は赤褐色で、長さは約一センチ。科捜研の担当官はハムスターの毛やないかというてる」

「ハムスターて、あの、ネズミみたいな」

「そう。ペットや」

「その毛、ホテルの部屋でひっついたんやないんですか」

「いや、ちがう。毛は五本とも芳江のスカートとパンストにだけついてた」

「ということは、犯人の服についてた毛が……」

「その可能性は強いな。昼すぎから星光荘の芳江の部屋を捜索してるけど、ペットはないにも飼うてへん」


赤褐色のハムスター──。まん丸の黒い眼、小さな耳、前足で餌をはさみ、ぽりぽり齧《かじ》るさまを嶋田は脳裡に描いたが、犯人の男にはすんなりダブらない。ハムスターは小学生や中学生、それも女の子がよく飼っている。

「忘れるな。込みをかけるときは、ハムスターのことを頭に入れといてくれ」

矢野はテーブルに両手をついて立ち上がった。「明日からの捜査方針と分担をいう。まず、被害者が『欅』を出てからの足取りと、付近の地取りや──」

恵美須東、霞《かすみ》町、山王町飛田新地など、新井芳江が立ち寄ったと思われる地域の訊込みをして目撃証言を集め、不審人物を追う。

並行して手口捜査を行い、ホテトル強盗、居直り強盗、痴漢、薬物中毒、土地鑑の有無など、類似関連した手口の前歴を有する人物を割り出す。

「──ひきつづいて星光荘の捜索と鑑取り。流しの犯行いう予断は禁物や。被害者の身辺は徹底的に洗う。腹を据えてかかってくれ」

矢野は部屋の全員を見まわして締めくくった。

3

午前七時、佐伯が来た。おはようの一言もいわず、仏頂面で薬缶《やかん》をガスコンロにかける。流しの棚からカップをひとつだけ下ろしてインスタントコーヒーの粉を入れ、砂糖とミルクも入れて、湯が沸くのを待っている。

この、くそじじい——。今村は日誌と巡回簿に判を押してデスクの上に置き、靴を履き替えて用務員室を出た。駐車場を抜けて、正門前のスライディングゲートをいっぱいに押し開け、バス通りへ。停留所をひとつ分、西へ歩いて、『ムジーク』に入った。このモーニングは五百円だが、トースト二枚にサラダとゆで卵がついている。

今村はグラスの水を飲み、手帳を取り出した。カレンダーの〝9月21日〟を○でかこみ、その右に《6800×11＝》と書いて計算する。

七万四千八百円——。つぶやいて、また水を飲んだ。この仕事は今月限りでやめにするか。

ウェイトレスがモーニングを持ってきた。かがんで、皿とカップをテーブルに置く。

白のポロシャツ、ミニスカート、ストレートの長い髪が今村の鼻先で揺れる。胸のふくらみから眼が離せない。少しO脚の、こりっとした太めの脚が『アイスドール』のアンナに似ている。今村は大きく息を吸い、女の匂いを嗅いだ。


八時まで『ムジーク』で粘り、地下鉄に乗って、なんばに出た。西口を上がって元町へ歩き、空港バス乗り場の角をまがる。ラブホテル街を抜けて、セントラルマンションに入った。エレベーターで三階へ。派手なレモンイエローのドアを引いた。

「あ、いらっしゃいませ」蝶ネクタイのマネージャーがいった。

「アンナ、いてる」

「すみません。先週からお休みをいただいてるんです」

つまりは、辞めたということだ。

「ま、どうぞ、中へ」

マネージャーは今村を招き入れて、「今日は新人がいますけど」

「写真指名は」

「できます」

マネージャーはアルバムを出して広げた。「この子です」と、指をさす。

「うん……」うなずいた。

「プレイ時間は三十分で、早朝割引の七千五百円に、指名料が千円です」

今村は一万円札を渡した。前金だ。

「はい、メメさん、スタンバイ」

奥に向かって、マネージャーはいった。


星光荘一〇三号室の捜索は午前中に終わった。八畳の和室に六畳ほどのダイニングキッチン。頻繁に引っ越しをしたからだろう、家具調度類は少なかったが、衣服だけはタンスと押入にぎっしり詰まっていた。どれも流行遅れの安物で、新井芳江のつましい生活がうかがわれた。

吉良と嶋田は鑑識課員たちと別れて、地下鉄大国駅近くの蕎麦屋に入った。吉良は日替わり定食、嶋田は親子丼とにしんそばを注文した。

「——こいつはやっぱり〝流し〟やで」

吉良は灰皿を引き寄せて煙草を吸いつけた。「芳江と犯人に鑑があったら、犯人は芳江の部屋に侵入して通帳と判を探してるはずや。暗証番号の分からんキャッシュカードなんか、くその役にも立たんからな」

吉良がそういうのには理由がある。今朝の捜索で、冷蔵庫の下の隙間から、ラップに包んだ郵便局の定期貯金証書と大東信用金庫の普通預金通帳、印鑑を二本発見したからだ。預金の合計額は八百二十二万円。金額を見て、捜査員は驚きの声をあげた。

「動機は金のやりとり。口論のあげく、芳江の首に手をかけた」嶋田は自説を述べる。

「いや、物盗りの可能性もないことはない」

「しかし、ハンドバッグひとつのために人を殺したりしますかね。財布の中には、せいぜい一、二万しかなかったと思うけど」

「たった三、四万の売上金欲しさにタクシー運転手を刺すあほがおる。新婚夫婦ふたりを殴り殺して、八千円ほど入った財布を盗んだやつもおったがな」

いや、ちがう。これが流しの犯行であることに異論はないが、物盗り云々には同意できない。路上で客を引いてるような女を見て、誰が金を奪《と》ろうと考える。男がバッグを奪ったのは、男の指紋のついた札が、芳江の財布の中に入っていたからだ。

そんな嶋田の表情を、吉良は読みとったのか、

「もう十五年前や、太子《たいし》で商売してた女が殺された事件、知ってるか」

「知りません」十五年前、嶋田は大学生だった。

「十二時ごろ、女は客といっしょにホテルに入った。素っ裸で死んでるのを発見されたんが朝の六時。わしらは女の指に残ってた指輪の跡を見て、質屋に走った。そして九時、飛田の質屋にオパールの指輪を入れに来た男を職質して逮捕したと、そういうことがあったんや」

「へーえ、そらほんまの緊急逮捕ですね」

それがどうしたと思ったが、感心してみせた。

「その犯人はシャブ中のちんぴらで、金めあてやった。場末の街娼の指輪ひとつでも金に換えたかったんや」

「なるほどね。物盗りの線もありますか」

口だけはそういった。吉良は頭が固い。身に染みついた経験則でしかものを考えられないから、いったんこれと思い込むと、ほかに意見を聞く耳を持たない。

そこへ、日替わり定食がきた。

「うまそうやな」

吉良は煙草をもみ消し、箸を割った。

4

元町から四十分、気がむいて恵美須まで歩いた。天王寺動物園に入って、爬虫類館のヘビを見る。コンドルの檻の前のベンチで、ピーナッツをつまみながらワンカップ酒を飲み、バッグを枕に横になったら眠ってしまった。眼が覚めたのが三時、洟《はな》をすすって動物園を出た。空はどんより曇って、風がなまぬるい。今晩あたり雨になりそうだ。

動物園からアパートへは、ほぼ一キロ。大国町南公園を突っ切り、幼稚園の角をまがると、集積場に女がいた。ごみ袋を捨てて、こちらに歩いてくる。派手な水商売風、初めて見る顔だ。回収日でもないのに平気でごみを捨てるのは、最近、近くに越してきたからだろう。

おい、ルールを守れよ――。女とすれちがった。肩まで広がったフラッパーの赤い髪、ビーズ刺繍のピンクのトレーナーに花柄のスパッツ、きつい香水の匂いがする。歩をゆるめて振り返り、深く切れ込んだパンティーラインを眼でなぞる。

今村は集積場の前で立ちどまった。女の捨てたごみ袋がぽつんとひとつ。どうか拾ってください、という声が耳の奥に聞こえる。

夜まで待てなかった。あたりに人はいない。ふらふらと集積場に入り、ごみ袋をつかんだ。路地を抜け、裏の通用口をくぐって鉄骨階段を上がる。部屋に入って施錠し、袋をテーブルに置いた。スタンドの灯を近づけて袋の口を解く。

壊れた目覚まし時計と、柄の折れた急須、コーヒーのだしがらが出てきた。不燃物もなにもいっしょくただ。ペーパーフィルターは一人用で、スティックのシュガーが半分残っていたから、女は独り暮らしなのかもしれない。

ペットフードの食べ残しと湿った新聞紙もあった。いやな臭いは猫の尿だろう。

そして、めあてのごみが出てきた。国民年金保険料の納付書、駐車違反の反則金納付書、宅配便の受け取り伝票、デパート駐車場の領収書、スーパーや専門店のレシート、それらが破られもせず、まとめて女性週刊誌のグラビアのあいだに挟まっていた。

女の名前は、安井洋子。昭和三十八年八月四日生まれ。浪速区大国二丁目の『ハイム・ソアール』七一二号室に住み、電話番号は八六六・二三××。宅配便の伝票によると、福井県敦賀から食品が送られてい、依頼主は安井喜美子となっているから、これは実家にちがいない。

安井洋子の勤め先は分からないが、東心斎橋の『ダイアナ』というブティックのレシートに《パンプス・フェラガモ　三万六千円》とあり、ミナミのクラブホステスだと見当がつく。客にねだって買わせたのだろう。

今村は押入から空の段ボール箱を出した。フェルトペンで《95・9・21　安井洋子》と書き、新たなコレクションを収めていく。これから増えるであろう、レースのキャミソールやショーツを想像して笑い声をもらす。

カサッと音がして、〝パフ〟が巣箱から顔をのぞかせた。耳をこちらに向けて、ひくひくと鼻先を動かし、ケージから出て遊びたいとねだっている。

パフという名は六〇年代のフォークソングからとった。ピーター・ポール・アンド・マリーの『パフ』という曲だ。パフ・ザ・マジック・ドラゴン——魔法の龍とジャッキー少年の友情物語。

――と、そのとき、ドアがノックされた。

「今村さん、いてはりますか」

しわがれた、男の声だった。

「はい……」

「すんません、警察のもんです」

瞬間、胸がぴくんとなった。

「なんや……」

「一〇三号室の新井さんのことで、ちょっとお聞きしたいことがあるんです」

ほんの五分でけっこうです、お手間はとらせません、としつこくいう。

ごみ袋と段ボール箱を和室に運んで襖を閉めた。流しで手を洗い、ドアの錠を外す。

男がふたり、廊下に立っていた。

「どうも、ご迷惑ですな」

背の低い年嵩の方が愛想よくいった。四十代半ば。白のニットシャツに作業着のような紺色のジャンパーをはおっている。

「西成北署の吉良といいます」ポケットから黒い手帳を出した。

「嶋田です」

嶋田は色が浅黒く長身で、吉良よりひとまわり若い。

「なんの用や」今村は戸口の真ん中に立って、部屋を覗き込む刑事の視線を遮った。

「下の三号室の新井芳江さんが殺されたこと、ご存じないですか」

「殺された……」

「昨日の明け方ですわ。飛田のホテルで首絞められたんです」

「……」

「今日の午前中は、家主の橋本さんの立会いで、三号室の捜索をしてたんです」

吉良は眼鏡の縁越しにこちらを見て、「今村さんは、新井さんと話したりすることなかったですか」

「なんも知らん。話なんかせえへん」

「今村さんはこのアパートの管理人やと聞いたんですけどね」

「誰がそんなこというたんや」

「それは、ま、ええやないですか」

「おれは管理人やない。大家に頼まれて家賃を集めてるだけや」

それで今村の家賃は半額になっている。

「廊下の掃除をしたり、ごみを集めることもあるんでしょ」

「おれは夜、仕事してる。昼間は部屋にいてるからや」

「さしつかえなかったら、仕事を教えてもらえませんか」

「昭和町の桃蔭中学で夜間警備してる」

「桃蔭いうたら私立の進学校や。ええとこにお勤めですな」

吉良は笑いながらいう。眼は笑っていない。

「あんなもんはバイトや。隔日交代で寝るだけや」

「巡回はせんのですか」

「安い日当でそんなサービスできるかい」

「最近、新井さんを見たんは」

「先月の末や。部屋に家賃をもらいに行った」

「そのあとはどないです」

「顔も見てへん。あのおばはんはうっとうしい」

「そらまた、なんで……」

「おれが夜中に音たてたら、下からつつきよる。箒《ほうき》の柄かなんかで天井をドンドン突きくさるから、こっちはションベンもできへん。あのおばはんはバセドー病で年中いらいらしとったから、なんでもかんでも気に障ったんやろ」

「新井さんがバセドー病やて、どこで聞いたんです」

「それぐらいのことは知ってる。おれはこのアパートに十年も住んでるんや」

「ほな、新井さんの仕事も知ってましたか」

「知らん。どうせ飛田あたりの飲み屋で働いてたんやろ」

「十九日の夜から二十日の明け方にかけて、この付近で不審な人物を見かけませんでしたか」

「一昨日《おととい》の夜は、おれは部屋でテレビ見てた。……昨日の夜は桃蔭や」

「なるほどね、そうですか」

吉良は下を向き、少し考えていたが、「いや、どうも、ありがとうございました。またなんかあったら話を聞かせてください」

一礼して踵《きびす》を返し、嶋田をともなって立ち去った。

5

「どないです、刑事さん、えらい変わってましたやろ」

さっき訊込みをした一〇五号室の岡崎すみ子が、階段の下で声をかけてきた。嶋田たちが降りてくるのを待っていたらしい。

「確かにね。愛想もへったくれもない人でしたわ」吉良が応えた。

「家賃を集めにきてもブスッとしてね、えらそうなものいいしますねん」

「なんか、仏壇の線香みたいな臭いがしましたな」

「そら刑事さん、臭い消しとちゃいますか」

すみ子は手を打って、「私らね、あいつのことをハエ男と呼んでますねん」

「ハエ男……」

「ごみにたかるハエですわ。あいつは夜になったら、こそこそと集積場へ走って、ごみ袋を拾うんです」

「それはまた、どういうことです」

「せやし刑事さん、あいつはごみ袋の中身を漁《あさ》って、下着とかパンストを集めてるんです。あんな変態はいっぺん逮捕して、刑務所に入れてください」

「なるほど。ハエ男とは、うまいこというたもんや」

「このアパートの住人はみんな知ってますねん」

すみ子は口を尖らせて、「私のごみも拾われたことあるし、郵便物や紙類は小さくちぎって、服や下着なんかはバラバラに切ってから捨てるようにしてるんです」

「ダスト・ハンティング、とかいうやつですな。このごろ増えてきたと、地域課の連中から聞いたことがありますわ」

「あんなやつがほかにもいてるんですか」すみ子は眼を丸くする。

「痴漢やひったくりにくらべたら、かわいいもんでっせ」

吉良は笑いながらうなずいた。「ごみ拾いは犯罪やない。処罰はできませんわ」

「せやけど、気持ちわるいやないですか。私もいちおう女やしね」

岡崎すみ子は五十すぎ。木津卸売市場の食堂に勤めている。最近、業務停止命令を受けた信用組合の抵当証券を買っていたとかで、さっきは延々と愚痴を聞かされた。

「今村は新井さんがバセドー病やったというたんやけど、知ってはりましたか」

話題を逸《そ》らそうと、嶋田が訊いた。

「そんなん、知るわけありません。他人《ひと》の病気のことなんか」

「そうか。薬の空き箱か病院の袋でも拾たんやな」

「ハエ男の部屋、ごみだらけでしょ」

「部屋の中には入ってませんねん」

「ほんま、最低や。あいつの顔見たら虫酸《むしず》が走るわ」

すみ子は口をきわめて罵《ののし》った。


二十一日の捜査会議は午後九時からはじまった。地取り、鑑取り、家宅捜索、手口捜査など、各担当からの報告をまとめて、矢野が進捗《しんちょく》状況を説明する。

「『ホテル軽井沢』の遺留指紋を照会した結果、現時点で六人の該当者が浮かんだ」

その六人の名を、矢野班係長の榊原が黒板に書き、指紋原紙を作成されるにいたった犯罪経歴を加えていく。

天野寛治（32）窃盗・覚醒剤取締法違反
伊沢嘉彦（55）詐欺・売春取締法違反
富永和己（25）強制猥褻《わいせつ》
木本紀夫（28）恐喝・傷害・銃刀類取締法違反
西浦義一（44）常習賭博・賭博開張図利
蒲田敏郎（34）傷害・窃盗・威力業務妨害

——と、まさに犯罪の一覧表だった。

「以上六人に関しては、手口捜査、余罪照会を含めて、ヤサを割り、身辺を洗う。次に新井芳江の足取りやけど、午前二時五分に『欅』を出たあと、二時十五分ごろ、南霞町のパチンコ屋の前で、大国町の方へ歩いてるとこを、『浜松』いう簡易旅館の従業員に目撃されてる。その後の足取りは不明で、二時五十分ごろ『ホテル軽井沢』にチェックインするまでの三十五分間が空白になってる」

「南霞町を西へ歩いてたいうことは、飛田の現場から遠ざかってたんですな」

矢野班の捜査員がいった。

「じっと立ってるのは寒いし、霞町のあたりをまわってたんやろ」

「あと二時間遅かったら、目撃者は山ほどいてたのに……」

労働者の朝は早い。午前四時をすぎるころから、その日の職を求めて、あいりん労働福祉センターの周辺に集まってくる。センターのシャッターが開く五時にもなると、新今宮駅から南霞町駅付近は、五千人を越す労働者と手配師、現場送迎用のマイクロバスでごったがえすのである。

「地取りをはじめて、まだ二日や。いずれ空白は埋まるやろ」

矢野はそういうが、見通しが甘い。本部一課の班長には釜ヶ崎という土地柄が分からないのだ。労働者のほとんどは警察に対する根強い反感を持ち、捜査に協力しようという姿勢はまったくない。西成北署の四年間で、嶋田は思い知らされている。

「芳江の交遊関係は、『欅』のママのほかに特に親しい人物はいてへんようや。ママや馴染み客の話では、男はもうこりごりやとかいうて、金になるつきあいしかせんかったらしい。星光荘の芳江の部屋にも、男が上がった痕跡はなかった」

「やっぱり、金だけが頼りなんや」前の方で、誰かがいった。

「芳江の貯金は八百二十二万。わしはよう貯めたと思う」

こころなしかしんみりした口調で矢野はつづけ、「郵便局と大東信用金庫で芳江のカードが使われた形跡はない」

「ハムスターの調べはどないです」地域課の捜査員が訊いた。

「あかんな。……浪速、西成、天王寺、阿倍野周辺のペットショップをあたってるけど、ハムスターみたいな千円、二千円の小動物は売りっ放しや。それにハムスターは繁殖が容易で、つがいで飼うてたらなんぼでも増える。買うよりは友達からもらう方が多いらしい」

「ほんま、ネズミ算ですわ」

口をはさんだのは丸山だった。「うちの娘も飼うてますねん」

「ほかに質問は」矢野は丸山を無視して訊く。誰も手を上げない。

「これは星光荘にあった被害者の顔写真をコピーしたものです。一枚ずつ、持っててください」榊原がいい、カラーコピーを各捜査員に配った。

「ほな、解散」

矢野は椅子を引いて立ち上がった。

6

捜査会議は終了したが、それで家に帰れるというわけではなかった。嶋田は吉良といっしょに大国町へ向かう。星光荘の一〇一号室の住人（西成区天下茶屋の建設会社に勤める左官）が不在で、まだ訊込みをしていなかった。

「腹減ったな。ラーメンでも食うか」

「ちょっと、脂っこいもんはね……」

「うどんか、そばか」

「茶漬けとか、おでんというのはありませんかね」

「そういう年寄りの食いもんばっかり食うてるからアトピーになるんや」

「食いもんは関係ないです」嶋田のアトピーはハウスダストとブタクサが誘因だ。体調がわるいとき、顔と首に湿疹が出る。

「被害者はバセドー病やとかいうてたけど、病院へ行ってみるか」

ふと思いついたように吉良はいう。

「それは明日、行きましょ。今日はもう閉まってます」

どうせ、捜査の足しにはならない。『欅』のママの証言で、新井芳江が環状線芦原橋駅前の真野クリニックに通っていたことは分かっている。

戎《えびす》本町の交差点を右に折れた。『白鳳殿』という結婚式場の車両搬入口に、黒いごみ袋が山と積まれている。

「明日はこの地区の回収日ですかね」

「こういう事業所のごみは契約業者が回収するんや」

——と、その瞬間、頭の隅でなにかがはじけた。そう、あの部屋には……。

「ね、主任、被害者の部屋にはごみがなかったですな」立ちどまって、いった。

「ごみ……？　どういうこっちゃ」吉良も歩みをとめる。

「一〇三号室には、ごみの袋がなかった。おかしいとは思いませんか」

台所の炊飯器の中には一合半ほどの飯が残っていた。流しの洗い桶には鍋と皿が浸《つ》けてあったが、生ごみはどこにもなく、屑籠もからっぽだった。

「そういや、妙やな……」吉良も気づいたらしい。

「十九日の火曜日、芳江は午後四時ごろ、『欅』に顔出してます。二十日の午前二時すぎに『欅』を出て、二時五十分に、『ホテル軽井沢』にチェックイン。……そのあいだに、どうやってごみを捨てたというんです」

「『欅』へ行く前に捨てたとは考えられんか」

「回収日の前日ですよ。しかも、昼間に捨てますか」

「よっしゃ。そいつを訊いてみよ」

吉良はいきおい込んで歩きだした。


「――いいえ。このアパートの人は前の日からごみ出すようなことしません。この辺は野良犬や猫が多いし、袋が破れて散らかったごみは、町内の私らが掃除せんとあかんのです」

岡崎すみ子はしゃくれたあごを突き出して、「新井さんはいつも、明け方の暗いうちに捨ててました。収集車は九時ごろに来るから、私は出勤前に捨ててますけどね」

「そうですか。新井さんはいつも明け方にね……」

部屋に帰ってきてから袋にごみを詰め、眠る前に集積場へ持っていくのだろう。

「新井さんとは親しい口をきいたことなかったけど、ちゃんとした人でした。会うたら挨拶もするし、宅配便を預かってもろたこともあります。そら、見た目はちょっと派手やったけど、飛田のホテルで殺されるような人やとは思いませんでした」

「新井さんも、まさか死ぬとは思てませんわな」

「なんでまた、こんなことになったんです」

「痴情、怨恨、金銭……動機は事件の数だけありまっせ」

「ほんま、ショックやわ」すみ子は眼頭を押さえる。

「いや、どうも、ありがとうございました」

吉良と嶋田は一〇五号室を出た。外廊下の端、階段の下で煙草を吸いつける。

「わし、芳江はいったん部屋にもどったような気がするな」

「おれもそんな気がします」

「あの晩、芳江はあぶれたんや。南霞町のパチンコ屋の前で目撃されたんは、このアパートへ帰るとこやったんやろ」

「で、アパートの近くまで来たときに、男に声かけられた……」

「いや、ちがう。それやったら、いちいちごみを捨てずに、男といっしょに飛田へ行ってるはずやないか」

「あ、そうか……」

「二時半ごろ、芳江は部屋に入り、ごみ袋を提げて外へ出た。集積場のあたりで男につかまったんやで」

「なるほど。その方がええ」

「こいつはひょっとしたら流しやない。芳江と犯人は鑑があるかもしれんぞ」

吉良はあごをなで、上を向いてけむりを吐く。

「となると、あのハエ男が……」芳江を目撃しているかもしれない。

「あいつの部屋の裏の窓から集積場は丸見えや。おまけに回収日の前日は、夜中まで集積場を見張っとる」

「あいつは今晩、部屋におるはずですわ」

「へへっ、都合ええがな」

吉良は煙草を捨て、靴先で踏み消した。


よく眠った。夕方から十時半まで、ぐっすり眠った。起きて、パフの飲み水を替え、餌を少し足す。パフはケージの隅に丸くなって知らん顔だ。

銭湯へ行こうと、洗面器と着替えを用意した。ドアを開けて外に出た途端、

「あっ」昼間の刑事がふたり、廊下にいた。

「おっと、こんばんは。ちょうどよかった」

馴れ馴れしく声をかけてきたのは、吉良とかいう刑事だ。もうひとりは嶋田。

「なんや……」

「今村さんにお聞きしたいことがありましてね」

「おれは風呂へ行くんや」

「その前にちょっとだけ……」

「めんどくさい。話すことなんかない」

「すんませんな。迷惑は承知してます」

「帰ってくれ。おれは関係ない」

「今村さん、頼みますわ」嶋田がいった。

「帰れ。うるさい」

あとずさりし、部屋に入った。ドアを閉めて旋錠する。

今村さん、開けてください——。刑事はしばらく廊下にいたようだが、諦《あきら》めて下に降りていった。

「あの、くそガキ。舐めとるな」

吉良はいまいましげに今村の部屋を睨みつける。

「また出てきますわ。洗面器持ってましたからね」

「むかむかする。いっぺん、引いて絞めたろかい」

「容疑はなんです。ダスト・ハンティングですか」

「くそったれ。我慢ならん」

――と、窓の明かりが消えた。

「ほら、いうたとおりや」

「風呂屋まで尾けたろ。それで観念しよるやろ」

予想どおり、今村は裏の路地から姿を現した。集積場の脇を通って東へ歩き、南公園に入っていく。吉良と嶋田は三十メートルほど離れてあとを追う。

植込みの切れ間、コンクリートの柵をまたいで公園に入った。今村がいない。

「あれっ、消えた」

「なんでや」

「あほな……」嶋田は走りだした。

刑事をまいて部屋にもどった。汗まみれだが、もう銭湯に行く気はない。

電灯は点けず、流しの水でタオルを濡らして体を拭いた。裸のまま布団に入る。眼が冴えて眠れない。ここ数年、零時前に眠ったことはなかったのだ。

月明かりがカーテンの隙間から枕元に射す。布団から出て押入の戸を開け、段ボール箱を下ろした。饐えたワインのような女の匂い。今村はガーターベルトを腰につけ、左脚からストッキングをはく。

7

九月二十二日、金曜、朝。

ちょっと内緒の話があるんですが——。吉良と嶋田は係長の熊谷を誘って、署の近くの喫茶店に入った。

「なんや、話というのは」ブレンドを注文して、熊谷がいう。

「昨日の夜、わしらは星光荘へ行きました。一〇一号室の職人に事情を聞いたあと、二〇三号室の今村正弘いう警備員に込みをかけたんですわ」

吉良は新井芳江の部屋にごみがなかったことについて意見を述べ、今村に訊込みをして断られた経緯を話した。

「その、被害者の部屋にごみがなかったんは確かなんやな」熊谷は念を押す。

「一〇三号室を捜索したんはぼくらです。間違いありません」嶋田が答えた。

「妙やな。あるはずのごみがないか……」

「被害者はいったん部屋にもどったんです。電話で呼び出されたんかもしれません」

芳江の部屋にはＮＴＴの領収書があった。毎月、二、三千円の支払いだったから、基本料金を除くと、芳江の方からはほとんど電話をかけていないことが分かる。

「被害者の電話帳は部屋になかったんやろ」

「たぶん、バッグの中やったと思います」

「こいつが鑑ありやとすると、捜査方針が変わるな」

「本部の連中は、ごみのないことに気づいてませんわ」

「おもろい。矢野にひと泡吹かせられるかもしれんぞ」熊谷はあごをなでる。

本部捜査員と所轄捜査員のあいだには、反目とはいわないまでも、かなりの対抗意識がある。

「――で、係長に頼みというのは、鑑識に指示して、今村の望遠写真を撮ってほしいんです」上体を傾けて、吉良はいった。

「今村の写真を、か……」

「昨日はいやがらせのつもりで尾行したんやけど、途中でまかれました。あれはたんなる警察嫌いやない。今村の反応は過剰です」

「心証がわるい。そうやな」

「探偵のカンですわ。ひっかかるんです」

「写真は撮ろ。それでどうする」

「『ホテル軽井沢』の従業員に見せたいんです。年齢は二十から三十代。背が高うて、痩せぎす。銀縁眼鏡をかけてたように思う。……今村の人相、体格に一致しますわ」

「ハムスターはどないや。飼うとるんか」

「そいつは分かりません」

吉良は小さな息をついて、「けど、手段はあります」にやりと笑った。


九月二十三日、土曜。

佐伯が二十分も遅れたので、文句をいってやった。じじいはふんぞりかえって謝りもせず、おれを睨みつける。殴ってやろうかと思ったが我慢した。

校門を出ると、歩道の脇に白いカローラが駐まっていた。男がふたり立っている。

「どうも、寒いですな」吉良がいった。

「なんやねん、おまえら」

右へ行った。吉良も右にくる。

「ね、今村さん、協力してくださいな」

「邪魔や。どけ」

左に向いた。嶋田が遮る。

「今村さん、あんたがどうにも協力せんのなら、わしらは毎日、あんたのあとを尾いてまわらないかんのでっせ」

「刑事のくせに、おれを脅す気か」

「そう、わしが刑事でなかったら、これは立派な脅迫ですわ」

吉良はあっさりうなずいて、「なんなら、令状とって、あんたの部屋の捜索もやりまっせ。でっちあげはわしの得意技や」

「………」

「あんたは蛙で、わしらは蛇。いっぺん睨まれたら逃げられんということっちゃ」

「新井のおばはんのことは知らん。なにも知らんというたやろ」

「それはもうけっこう、わしが聞きたいのは、あんたのことなんや」

吉良は熱のこもらぬふうに、「二十日の午前二時半ごろ、新井さんは集積場にごみを捨てた。それをあんたは部屋の窓から覗いてた。……ちがいまっか」

「なんで、おれが新井のおばはんを覗かないかんねん」

「あんたは部屋を出て、階段を降りた。裏の路地で新井さんを待ち、ホテルへ行こうと誘いをかけた」

「ま、待て。どういう意味や」

「あんたの写真を見て『ホテル軽井沢』の従業員が証言した。あの日の客に似ているとね」

「おまえら、どこでおれの写真を手に入れた」

「昨日、撮影したんですがな。あんたが星光荘を出て学校へ行くとこを」

「おれは知らん。飛田のホテルなんか入ったことない」

「どないです。これから『ホテル軽井沢』までお送りしましょか」

「いらん。おれは家に帰るんや」

「家に帰って、ハムスターに餌をやらなあきませんな」

「あん……？」

「今朝、あんたのごみ袋を拾たんですわ。小動物用のドライペレット、ひまわりの種、麻の実、齧ったカボチャの皮……あんた、ハムスターを飼うてるんや」

「あほいうな。おれはネズミなんか飼うてへん」

「しぶといな。まだしらばっくれまっか」

「おれの飼うてんのはシマリスや」

「えっ……」吉良は口をあけた。勝ち誇ったような表情が一瞬にして消えた。

「手のりのオスや。見たかったら見せたる」

「……」

「そこ、どけ。うっとうしい」

吉良を押しのけた。歩きだす。ふたりは追ってこない。

少し歩いて、今村は振り返った。

「ハムスターを飼うてるやつは知ってる」いってやった。

「なんやて……」

「川添純子いう看護婦や。芦原橋の真野クリニックに勤めてる」

8

九月二十九日、午前九時、嶋田は取調室に入った。富永和己は手錠と腰紐をつけられ、ふてくされたような眼でこちらを見る。

監視の捜査員ふたりと交代し、熊谷と吉良は机の前に腰を下ろした。嶋田は椅子を移動して富永の横に座る。

「どうや、よう寝たか」熊谷が話しかけた。

「煙草くれ」富永がいった。

熊谷はセブンスターを富永にくわえさせた。火をつけてやる。

「な、富永、ひと晩寝て、考えがついたか」

「考えて、なんじゃい。わしはなんもしてへんぞ」

「現場の遺留指紋、体毛の一致、ハムスターの毛、土地鑑、アリバイ……なにひとつとっても、おまえはクロや。さっさと吐いて楽になれ」

「そやから、きっちり証拠を出さんかい。わしが新井とかいう女を連れてホテルに入った証拠をな」富永はへらへら笑いながら、けむりを熊谷に吐きかける。

「おまえはあの夜、川添純子とケンカした。川添が別れ話をしたもんやから——」

富永和己は堺市大浜のパチンコ店で、住み込み店員をしている。九月十九日の閉店後、タクシーで『英和ハイツ』へ行くと、純子はハムスターをケージから出して遊ばせていた。富永はテレビを見ながら二時間ばかり酒を飲み、純子を引き寄せてふとももに手を這《は》わせた。純子は抵抗し、別れ話を持ち出してきた。二ヵ月ほど前から、純子の態度が冷たくなったとは感じていたが、いざ口に出されると頭に血がのぼった。富永は純子を殴りつけ、引き倒した。サイドボードの抽斗から五千円を一枚つかんで部屋を飛び出した。

「——むしゃくしゃしながら幼稚園のあたりまできたら、ごみ集積場のそばに女がいた。女はついさっきごみを捨てたらしい。ああ、こいつは新井とかいう商売女やと、おまえは気がついたんや」

「あほんだら。名前なんか知るかい」

「おまえはいっぺん、新井芳江に会うてる。今年の夏、川添とふたりで戎神社前のお好み焼き屋に入ったときや」

純子は芳江をよく知っていた。芳江が真野クリニックに来たときは、いつも純子が血圧を計り、採血もして、わりに親しく口をきく。芳江はしょっちゅう手土産を持ってきて看護婦たちに配った。

「お好み焼き屋を出て、川添がいうた。……あのひとは南公園の近くのアパートに住んでる。本人はホステスやというてるけど、三ヵ月に一回は性病の検査をするし、ほんまは飛田新地の女やと思うねん。いつもメロンやケーキをもってくるし、けっこう羽振りはいいみたい、とな」

「こら、純子を連れてこい」

富永はわめいた。「ごちゃごちゃ嘘ばっかり並べくさって、いてもうたるぞ」

「へへっ、おまえが手出しできるのは、女だけやな」吉良がいう。

「くそボケ。わしがなにをしたんじゃ」

「教えたろ。新井芳江の首を絞めたんや」

「じゃかましい。作りごとはやめんかい」

「集積場の前で、おまえは芳江に声をかけたんや。芳江もおまえの顔を憶えてたんやろ、まんざらでもない素振りをする。そこで、おまえは芳江を誘うたんや」

「くそっ、黙れ」富永の顔がゆがむ。

「芳江はアパートへハンドバッグをとりにもどった。『ホテル軽井沢』へは歩いて行ったんや。ことが終わって芳江は金をくれというたけど、おまえは六千円しか持ってへん。かわいそうに、おまえがあと一万だけ持ってたら、芳江は死んでへんかった……」

「ネタはあがっとるんや」熊谷がつづけた。「おまえは川添の部屋に入ったとき、千円ほどの小銭しか持ってなかった。帰りのタクシー代もないんや、というてポケットの小銭をジャラジャラ振ってみせた」

「知らん、知らん。勝手にほざいとけ」

「おい、どないした、肩が震えとるぞ」

「喉渇いた。コーヒー飲みたい」

「舐めるな！」熊谷は机を叩いた。アルミの灰皿が跳ねる。「九月二十二日、おまえは仕事をサボって吹田へ行った。大東信用金庫の江坂支店。おまえは新井芳江の預金を引き出そうとしたんや」

「おもろい。その金は下りたんかい」

「一円も下りてへん。おまえは暗証番号を知らんからな」

「番号を知りもせんのに、どこのあほが金を下ろしに行くんじゃ」

「診察券や。真野クリニックの診察券には新井芳江の生年月日が書いてあった」

「…………」

「昭和二十二年二月六日。おまえは〝2226〟が暗証番号と踏んで、吹田へ行ったんや」

「…………」

「けど、惜しかったな。正しい番号は〝6222〟や。おまえがなんべんも番号を間違えたせいで、カードは無効になってしもたがな」

熊谷はさもおかしそうにいって、「金にはならんかったけど、おまえの姿はビデオに残ってる。野球帽にサングラスというのは愛嬌やったな」

「おっさん、あほか。野球帽にサングラスやて、甲子園や大阪ドームへ行ったら何百人といてるわい」

「おまえは悔しまぎれに支払機を叩いた。指紋と掌紋を採取したがな」

「…………」富永の口許が震えている。顔色は蒼白。あとひと押しで落ちる。

「こいつはつまり、流しの犯行やけど、おまえと被害者には、ほんのかすかな鑑があった。おまえが芳江の商売を知らんかったら、そして芳江がおまえを憶えてなかったら、こんなことにはならんかったのにな」

「……」

「どないや。まだ吐かんか。ホトケさん、成仏させたれや」

「おれやない……」富永がつぶやいた。

「ん……？」

「誘うたんはおれやない」

しぼりだすように富永はいう。「あの女が誘いよった」

「それで」

「殺す気はなかった……」

「ほう……」

「ほんまや。殺す気はなかったんや」

「殺す気もないのに首絞めたんか」

「あの女が騒ぎだした。おれはただ、口をふさぎたかった」

富永は呆《ほう》けたように喋りはじめた。

解説

東野圭吾

私にとって最も信頼できる作家は黒川博行である。彼から新刊が送られてくると、いつも得をした気になる。またこれで楽しみが増えたと思うからだ。それほど黒川博行の小説には外れがない。ストーリーは十分に練られており、毎回違った仕掛けでこちらを驚かせてくれる。それもこけおどしの仕掛けではない。「現実」という舞台の上に、意表をついた物語を構築してあるのだ。黒川博行は架空の舞台を好まない。制約の多い「現実」を扱うことに、自らの姿勢を示しているようにさえ感じられる。

黒川博行のデビュー作は、いうまでもなく『二度のお別れ』だ。この作品は登場と共に、奇妙なことで話題になった。誘拐犯が大阪弁の脅迫状を送ってくるということ等、例のグリコ・森永事件を予見したかのような内容だったからだ。実際、彼のところに刑事が来たこともあるというのだから、あまり笑いごとではない。しかし、当時から彼が[illegible]の中を冷静に見据え、「今ならばどんな事件が起こりうるか」を的確に分析していたことの証明にはなるだろう。この「世の中を見る眼力」が、黒川博行の最大の武器である。

一方で『二度のお別れ』については、「大阪人同士のやりとりが軽妙で面白い」という表現が使われることが少なくなかった。たしかにクロマメコンビと呼ばれる刑事たちの会話部分を読んでいると、思わず吹き出してしまうこともある。私自身が大阪人なので、どういうリズムでしゃべっているかも容易に想像できて、じつに楽しい。

二作目の『雨に殺せば』もクロマメコンビが活躍する物語で、やはり彼等のやりとりが魅力の一つではあった。そういう特徴から、黒川作品をユーモアミステリのように紹介する評論家もいた。だがそういった解釈が全く的はずれであることは、今改めて前述の二作品を読んでみればわかる。黒川博行はミステリに笑いを入れようとしたわけではない。彼が目指したことは、「刑事を人間として描いてみる」ことだった。それも普通の人間として、だ。いうまでもないことだが、普通の人間というのは滑稽な部分をたくさん持っている。いや、その日常を描いたならば、滑稽なことだらけとさえいえるだろう。黒川博行は、刑事の日常も同様のはずだと考えた。その発想を生んだのが、「世の中を見る眼力」である。刑事というものは心の底から犯人を憎み、真相糾明のためには命さえも惜しまず、いつも難しい顔をして黙々と捜査を続けている——こうしたイメージは、テレビや小説などから皆が勝手に作りあげたものにすぎない。黒川博行は、そうした思いこみを排除することから始めた。つまり『二度のお別れ』や『雨に殺せば』において彼は、徹底してリアルに、「たまたま刑事という職業についた」大阪の中年男二人を描いてみせたのだ。彼等のやりとりを漫才のように面白いと感じたならば、それは大阪にはよくある風景、と解釈するのが正しいだろう。

さてリアリティということになると、「正確さ」という点にも注目しなければならない。現実を扱っている以上、そこに描かれているものが実在するものと違っていれば、読者の側に違和感が生じるのは当然である。この「正確さ」に対するこだわりも、私が黒川作品を信頼する理由の一つだ。

彼の代表作に『海の稜線』がある。私にとって思い出深い本だ。というのは、初対面の時にお互いの新刊本を交換したのだが、彼からもらったのがこの本だったからだ。私が渡したのは『学生街の殺人』だった。後日感想を述べ合ったが、それ以来、個人的に付き合うようになった。

それはともかく、『海の稜線』を読み進むうちに、私は大きなショックを受けていた。そこに描かれていたのは、船舶の保険金詐欺をめぐる事件だった。読書中、私が考えていたのは、「黒川博行はいかにしてこのテーマを思いついたのか」ということだった。元高校の美術教師でギャンブル好き、というのが、その頃彼に関して持っていた知識だ。だがそのプロフィールと船舶の保険金詐欺というテーマは、どうしても結びつかなかった。

私が他の作家をすごいと思う時というのは、その発想の原点が摑みきれない時である。作家の経歴や環境と全く無関係な事柄をテーマにしている小説を読むと、そのテーマを思いついた発想力、それを作品化するに要した取材力、取材した内容を消化する努力などを想像し、恐れを抱いてしまうのだ。逆に、何かの専門家がその知識を生かして書いたと思われる作品には、少しも凄みを感じない。創作にいたるまでの精神的、肉体的負担がはるかに軽いことを知っているからだ。

黒川博行は無論、保険のプロではなかった。父親が小さな船を持っていた、ということだけが、『海の稜線』執筆前に彼が持っていた武器だった。そこから彼は取材を重ね、少しずつストーリーを組み立てていったのだ。保険金詐欺の話だけでなく、警察内のキャリア組とノンキャリア組との微妙な関係を、東京・大阪文化論と共に盛り込んだ、じつに凝った仕掛けの小説となっていた。

その場合でも彼が重視するのは「正確さ」である。わからないところは徹底的に調べて書く。調べてもわからなければ書かない。じつにはっきりしている。

それほど正確さにこだわる作家だが、取材によって得た情報をだらだら説明するようなことは絶対にしない。無駄な展開や描写も、極力そぎ落としている。それが小説を上質なものにする一手段だと信じているからだ。千枚以上の作品は珍しくない昨今だが、彼の著作にそういったいわゆる大長編ものが少ないのはそのせいだ。

ところで現在黒川博行は、一般読者からどういう作家だと思われているのだろうか。『封印』、『迅雷』、『疫病神』という傑作が有名なため、ハードボイルド作家というイメージが定着しつつあるかもしれない。それは本人にしても、さほど不満なことではないはずだ。彼自身が『迅雷』を「小説推理」に連載する直前、同誌に「ハードボイルドを書く」と宣言しているからだ。その宣言通り、『迅雷』はハードボイルドの快作だった。

しかし私の印象としては、かつては彼はそういう範疇の作家ではなかった。社会的なテーマを扱いつつも、常に作中には推理小説ファンをわくわくさせる謎やトリックが用意され、結末で読者をあっといわせる構造を持っている、というのが黒川作品の初期の持ち味だった。警察小説ではあったが、本格推理小説の要素もたっぷり備えていたのである。

方向転換のきっかけとなったのは、おそらく『切断』だろう。やくざの組長に復讐しようとする男の愛と悲しみを描いた物語である。文体はそれまでとはうって変わって硬質になり、余分な感情表現はなく、ただ事実だけを淡々と文字にしているという感じだった。感情を表に出さずに殺戮を続けていく主人公の姿と、見事に調和していたといえる。

この作品を書いたことによって、黒川博行は一つの方向を見つけだしたのではないかと想像している。その方向とは、「人間の本性を描く」ということだ。そのためには人間が何重にもかぶっている皮を一枚一枚剝いでいかねばならない。それは単純に、裏の顔とか表の顔とかいった話ではない。心の奥に秘められた、本人さえも忘れていた何かを引っ張り出すということだ。

この方向転換が彼にとって最善の道だったことは、それ以後の作品群を見れば明らかだ。特に決定的作品となったのは『封印』だろう。パチンコ業界の内幕を暴くという点はかつての社会派的作風を踏襲したものだが、主たるテーマは、心に傷を負った男がいかにして心の中の「封印」を解くかというものだった。

そして本書『カウント・プラン』の登場となる。

ここに収められた作品の殆どが、捜査側と犯人側の視点で、それぞれの行動を描くという形になっている。しかし単に刑事対犯人という構図になっていないことは、読んでいただければわかる。犯罪を描いているのだから犯人の人生が語られていることは当然だが、この作品集では、刑事やそれ以外の人間の人生までもが語られる。中には、事件とは本質的に全く関係のない、だが事件全体を俯瞰した時に決して欠かすことのできない人物を描写することに全神経を費やしたと思える作品もある。人間の不可解さ、醜さ、そして滑稽さを浮き彫りにした小説集として、屈指といっていいのではないか。

黒川博行はお世辞にも筆が速い作家とはいえない。一本の短編を仕上げるために、一カ月をまるまる使ってしまうことも少なくないことを私は知っている。自分が納得できるまでストーリーを熟成させ、書きながらも推敲を繰り返し、気にいらなければ潔く消去するという姿勢が、そうしたことになってしまう原因だろう。だがそれだけに出来上がった作品には、研ぎ澄まされた刃物のような鋭さと輝きがある。一九九六年、本書表題作の「カウント・プラン」は日本推理作家協会賞短編部門賞を受賞した。その時の喜びを私は今も思い出すことができる。

もっと早くに認められて当然の作家である。最近になって「黒川博行はすごい」と感嘆の声をあげる人が増えてきたが、私にしてみれば、「今頃何を」という気分だ。

時折、「ライバルと思っている作家はいますか」という質問を受ける。そのたびに私は黒川博行の名前を思い浮かべるが、口に出したことはない。それは失礼というものだ。創作姿勢や小説技法など、見習う点が多すぎる。

新刊を出した時、今も私は彼に一冊送る。どんな書評よりも怖いのが、彼の感想である。彼からの手紙により、私は自作が成功作かどうかを知ることができる。

拙文の最初に、黒川博行は最も信頼できる作家だと書いた。同時に、最も信頼できる読者でもあるのだ。

（作家）

単行本　一九九六年十一月　文藝春秋刊

文春文庫

カウント・プラン

定価はカバーに
表示してあります

2000年4月10日　第1刷
2015年6月15日　第10刷

著　者　黒《くろ》川《かわ》博《ひろ》行《ゆき》

発行者　羽鳥好之

発行所　株式会社 文藝春秋

東京都千代田区紀尾井町 3-23　〒102-8008
TEL 03・3265・1211
文藝春秋ホームページ　http://www.bunshun.co.jp

落丁、乱丁本は、お手数ですが小社製作部宛お送り下さい。送料小社負担でお取替致します。

印刷・凸版印刷　製本・加藤製本

Printed in Japan
ISBN978-4-16-744705-2

（　）内は解説者。品切の節はご容赦下さい。

芦辺　拓
紅楼夢の殺人
ところは中国、贅を尽くした人工庭園「大観園」。類稀なる貴公子と美しき少女たちが遊ぶ理想郷で、謎の連続殺人が……。『紅楼夢』を舞台にした絢爛たる傑作ミステリー。（井波律子）
あ-45-1

芦辺　拓
裁判員法廷
茫洋とした弁護士、森江春策と敏腕女性検事、菊園綾子が火花を散らす法廷で、裁判員に選ばれたあなたは無事評決を下すことができるのか。ドラマ化もされた本邦初の裁判員ミステリー。
あ-45-2

我孫子武丸
弥勒《みろく》の掌《て》
妻を殺され汚職の疑いをかけられた刑事と、失踪した妻を捜し宗教団体に接触する高校教師。二つの事件は錯綜し、やがて驚愕の真相が明らかになる！　これぞ新本格の進化型。（巽　昌章）
あ-46-1

我孫子武丸
狩人は都を駆ける
「私」の探偵事務所に持ち込まれる事件は、なぜか苦手な動物がらみのものばかり。京都を舞台に繰り広げられる「ペット探偵」の活躍と困惑！　傑作ユーモア・ハードボイルド五篇を収録。
あ-46-3

愛川　晶《あきら》
六月六日生まれの天使
記憶喪失の女と前向性健忘の男が、ベッドの中で出会った。二人の奇妙な同居生活の行方は？　究極の恋愛と究極のミステリが合体。あなたはこの仕掛けを見抜けますか？（大矢博子）
あ-47-1

愛川　晶
七週間の闇
臨死体験者・磯村澄子が歓喜仏《タンカ》の絵画に抱かれて縊死した。奇妙な衣裳に極彩色の化粧、そして額には第三の目が！　チベット「死者の書」をテーマにした出色のホラー本格。（濤岡寿子）
あ-47-2

有栖川有栖
火村英生に捧げる犯罪
臨床犯罪学者・火村英生のもとに送られてきた犯罪予告めいたファックス。術策の小さな綻びから犯罪が露呈する表題作他、哀切でエレガントな珠玉の作品が並ぶ人気シリーズ。（柄刀　一）
あ-59-1

（　）内は解説者。品切の節はご容赦下さい。

石田衣良
ブルータワー
悪性脳腫瘍で死を宣告された男が二百年後の世界に意識だけスリップ。そこは殺人ウイルスが蔓延し、人々はタワーに閉じ込められた世界。明日をつかむため男の闘いが始まる。（香山二三郎）
い-47-16

池井戸　潤
株価暴落
連続爆破事件に襲われた巨大スーパーの緊急追加支援要請を巡って白水銀行審査部の板東は企画部の二戸と対立する。日本経済の闇と向き合うバンカー達を描く傑作金融ミステリー。
い-64-1

乾《いぬい》　くるみ
イニシエーション・ラブ
甘美で、ときにほろ苦い青春のひとときを瑞々しい筆致で描いた青春小説――と思いきや、最後の二行で全く違った物語に！「必ず二回読みたくなる」と絶賛の傑作ミステリ。（大矢博子）
い-66-1

乾　くるみ
セカンド・ラブ
1983年元旦、春香と出会った。僕たちは幸せだった。春香とそっくりな美奈子が現れるまでは。『イニシエーション・ラブ』の衝撃、ふたたび。恋愛ミステリ第二弾。（円堂都司昭）
い-66-5

乾　ルカ
プロメテウスの涙
激しい発作に襲われる少女と不死の死刑囚。時空を超えて二人をつなぐものとは？　巧みなストーリーテリングと独特のグロテスクな美意識で異彩を放つ乾ルカの話題作。（大槻ケンヂ）
い-78-2

石持浅海
ブック・ジャングル
閉鎖された市立図書館に忍び込んだ昆虫学者の卵と友人、そして高校を卒業したばかりの女子三人。思い出に浸りたいだけだった罪なき不法侵入者達を猛烈な悪意が襲う。（円堂都司昭）
い-89-1

内田康夫
しまなみ幻想
しまなみ海道の橋から飛び降りたという母の死に疑問を持つ少女と、偶然知り合った光彦。真相を探るべく二人は、小さな探偵団を結成して母の死因の調査を始めるが……。（自作解説）
う-14-14

（　）内は解説者。品切の節はご容赦下さい。

太田忠司
月読《つくよみ》
「月読」――それは死者の最期の思いを読みとる能力者。異能の青年が自らの過去を求めて地方都市を訪れたとき、次々と不可解な事件が……。慟哭の青春ミステリー長篇。（真中耕平）
お-45-1

太田忠司
落下する花　―月読《つくよみ》―
校舎の屋上から飛び降りた憧れの女性。彼女が残した月導には殺人の告白が!?　人が亡くなると現れる〃月導〃の意味を読み解く異能者「月読」が活躍する青春ミステリー。（大矢博子）
お-45-2

垣根涼介
ギャングスター・レッスン　ヒート アイランドⅡ
渋谷のチーム「雅」の頭、アキは、チーム解散後、海外放浪を経て、裏金強奪のプロ、柿沢と桃井に誘われその一員に加わる。『ヒート アイランド』の続篇となる痛快クライムノベル。
か-30-4

垣根涼介
ボーダー　ヒート アイランドⅣ
〈雅〉を解散して三年。東大生となったカオルは自分たちの名を騙ってファイトパーティを主催する偽者の存在を知る。過去の発覚を恐れたカオルは、裏の世界で生きるアキに接触するが。
か-30-5

加納朋子
虹の家のアリス
育児サークルに続く嫌がらせ、猫好き掲示板サイトに相次ぐ猫殺しの書きこみ、花泥棒……脱サラ探偵・仁木と助手の美少女・安梨沙が挑む、ささやかだけど不思議な六つの謎。（倉知　淳）
か-33-2

香納諒一
贄《にえ》の夜会（上下）
《犯罪被害者家族の集い》に参加した女性二人が惨殺された。容疑者は少年時代に同級生を殺害した弁護士！　サイコサスペンス＋警察小説＋犯人探しの傑作ミステリー。（吉野　仁）
か-41-1

門井慶喜
天才までの距離　美術探偵・神永美有
黎明期の日本美術界に君臨した岡倉天心が、自ら描いたという仏像画は果たして本物なのか？　神永美有と佐々木昭友のコンビが東西の逸品と対峙する、人気シリーズ第二弾。（福井健太）
か-48-2

（　）内は解説者。品切の節はご容赦下さい。

柔らかな頬（上下）
桐野夏生
旅先で五歳の娘が突然失踪。家族を裏切っていたカスミは、必死に娘を探し続ける。四年後、死期の迫った元刑事が、事件の再調査を……。話題騒然の直木賞受賞作、ついに文庫化。（福田和也）
き-19-6

深淵のガランス
北森　鴻
画壇の大家の孫娘の依頼で、いわくつきの傑作を修復することになった佐月恭壱。描かれたパリの街並の下に隠されていたのは!?　裏の裏をかく北森ワールドを堪能できる一冊。（ピーコ）
き-21-6

虚栄の肖像
北森　鴻
銀座の花師にして絵画修復師の佐月恭壱が、絵画修復に纏わる謎を解く極上の美術ミステリー。肖像画、藤田嗣治、女体の緊縛画……絵に秘められた思いが切なく迫る傑作三篇。（愛川　晶）
き-21-7

猿の証言
北川歩実
類人猿は人間の言葉を理解できると主張する井手元助教授が失踪。井手元は神の領域を侵す禁断の実験に手を染めたのか？　先端科学に材をとった傑作ミステリー。（金子邦彦、笠井　潔）
き-32-1

悪の教典（上下）
貴志祐介
人気教師の蓮実聖司は裏で巧妙な細工と犯罪を重ねていたが、綻びから狂気の殺戮へ。クラスを襲う戦慄の一夜。ミステリー界の話題を攫った超弩級エンターテインメント。（三池崇史）
き-35-1

女王ゲーム
木下半太
女王ゲームとは命がけのババ抜き。優勝賞金10億円、イカサマ自由、但し負ければ死。さまざまな事情を背負った男女八人の死闘がはじまる。一気読み必至のギャンブル・サスペンス。
き-37-1

蒼煌
黒川博行
芸術院会員の座を狙う日本画家の室生は、選挙の投票権を持つ現会員らへの接待攻勢に出る。弟子、画商、政治家まで巻き込み、手段を選ばぬ彼に周囲は翻弄されていく。（篠田節子）
く-9-8

（　）内は解説者。品切の節はご容赦下さい。

黒川博行
煙霞《えんか》
学校理事長を誘拐した美術講師と音楽教諭。馘首の噂に踊らされ、正教員の資格を得るための賭けに出たが、なぜか百キロの金塊が現れて事件は一転。ノンストップミステリー。（辻　喜代治）
く-9-9

今野　敏《びん》
曙光の街
元ＫＧＢの日露混血の殺し屋が日本に潜入した。彼を迎え撃つのはヤクザと警視庁外事課員。やがて物語は単なる暗殺事件から警視庁上層部のスキャンダルへと繋がっていく！（細谷正充）
こ-32-1

今野　敏
凍土の密約
公安部でロシア事案を担当する倉島警部補は、なぜか殺人事件の捜査本部に呼ばれる。だがそこで、日本人ではありえないプロの殺し屋の存在を感じる。やがて第２、第３の事件が……。
こ-32-3

近藤史恵
ふたつめの月
契約から社員本採用となった途端の解雇。家族の手前、出社のフリで街をさまよう久里子に元同僚が不審な一言を告げる。まさか自分から辞めたことになっているとは。（松尾たいこ）
こ-34-4

近藤史恵
モップの精は深夜に現れる
大介と結婚したキリコは短期派遣の清掃の仕事を始めた。ミニスカートにニーハイブーツの掃除のプロは、オフィスの事件を引き起こす日常の綻びをけっして見逃さない。（辻村深月）
こ-34-5

小森健太朗
大相撲殺人事件
相撲部屋に入門したマークを待っていたのは角界に吹き荒れる殺戮の嵐だった。立ち合いの瞬間、爆死する力士、頭のない前頭。本格ミステリと相撲、伝統と格式が融合した傑作。（奥泉　光）
こ-35-2

古処《こどころ》誠二
アンノウン
自衛隊は隊員に存在意義を見失わせる「軍隊」だった——。盗聴事件をきっかけに露わになる本当の「敵」とはいったい誰なのか。第十四回メフィスト賞受賞の傑作ミステリ。（宮嶋茂樹）
こ-38-1

（　）内は解説者。品切の節はご容赦下さい。

真保裕一
最愛
十八年間、音信不通だった姉が頭に銃弾を受け病院に搬送された。それは、姉が殺人を犯した過去を持つ男との婚姻届を出した翌日の事だった。姉は何をしていたのか――。（大矢博子）
し-35-7

朱川湊人
スメラギの国
新居に決めたアパートの前には、猫が集まる不思議な空き地。それが悲劇の始まりだった。最愛のものを守るために死闘する人と猫。愛と狂気を描く長篇ホラーサスペンス。（藤田香織）
し-43-3

柴田哲孝
DANCER　ダンサー
遺伝子工学の研究所から消えた謎の生命体《ダンサー》。ストーカーに悩む踊り子・志摩子の周囲で起こる奇怪な殺人事件に『TENGU』『KAPPA』の有賀雄二郎が挑む。（西上心太）
し-50-1

清涼院流水
コズミック・ゼロ　日本絶滅計画
元日の午前零時、全国の初詣客が消えた。それが謎の集団〝セブンス〟が仕掛けた日本絶滅計画の始まりだった。鬼才が放つ、まったく新しいパニック・サスペンス！（森　博嗣）
せ-10-1

高橋克彦
緋《あか》い記憶
思い出の家が見つからない。同窓会のため久しぶりに郷里を訪ねた主人公の隠された過去とは……。表題作等、もつれた記憶の糸が紡ぎ出す幻想の世界七篇。直木賞受賞作。（川村　湊）
た-26-3

髙村　薫
地を這う虫
――人生の大きさは悔しさの大きさで計るんだ。夜警、サラ金とりたて業、代議士のお抱え運転手……。栄光とは無縁に生きる男たちの敗れざるブルース。「愁訴の花」「父が来た道」等四篇。
た-39-1

高嶋哲夫
虚構金融
汚職事件で特捜部の事情聴取を受けた財務官僚が死んだ。自殺との発表に疑問を持ち、独自捜査を始めた検事の周囲で不審な事件が……。日米の政財官界にまたがる国際謀略サスペンス。
た-50-4

（　）内は解説者。品切の節はご容赦下さい。

夏樹静子
てのひらのメモ
シングルマザーの千晶は、喘息の子供を家に残して出社し死なせてしまう。市民から選ばれた裁判員は彼女をどう裁くか？ 裁判員法廷をリアルに描くリーガル・サスペンス。（佐木隆三）
な-1-31

永瀬隼介
退職刑事
親子の葛藤、悪徳警官の夢、迷宮入りの悔恨……様々な事情を抱え、職を辞した刑事たちに訪れた〝最後の事件〟。刑事という特殊な生態を迫真の筆致で描く警察小説短篇集。（村上貴史）
な-48-4

永瀬隼介
刑事の骨
連続幼児殺人事件の捜査を指揮する不破は、同期の落ちこぼれ田村の失敗で犯人をとり逃す。十七年後、定年後も捜査を続けていた田村の遺志を継ぎ、不破は真犯人に迫る。（村上貴史）
な-48-5

永井するみ
希望
三人の老婦人が殺害された。犯人は十四歳の少年。五年後、少年院を退院した彼が何者かに襲われる。犯人は誰か、そして目的は――。事件周辺の人々の心の闇が生んだ慟哭のミステリー。
な-55-1

新田次郎
山が見ていた
少年を轢き逃げしたあげく、自殺を思いたち、山に入ったところ、運命は意外な方向に展開する表題作のほか「山靴」「危険な実験」など十四篇を収録した短篇集。（武蔵野次郎）
に-1-28

西村京太郎
新・寝台特急《ブルートレイン》殺人事件
暴走族あがりの男を揉み合う中で殺した青年はブルートレインで西へ。追いかける男の仲間と十津川警部。青年を捕えるのはどちらか？　手に汗握るトレイン・ミステリーの傑作！
に-3-43

西村京太郎
十津川警部 京都から愛をこめて
テレビ番組で紹介された「小野篁の予言書」。前所有者は不審死し、現所有者も失踪した。京都では次々と怪事件が起きはじめた。十津川警部が挑む魔都・京都1200年の怨念とは！
に-3-44

（　）内は解説者。品切の節はご容赦下さい。

西澤保彦
神のロジック 人間《ひと》のマジック
ここはどこ？　誰が、なぜ？　世界中から集められ、謎の〈学校〉に幽閉されたぼくたちは、真相をもとめて立ちあがった。驚愕と感動！　世界を震撼させた傑作ミステリー。（諸岡卓真）
に-13-2

楡　周平
骨の記憶
東北の没落した旧家で、末期癌の夫に尽くす妻。ある日そこに51年前に失踪した父親の頭蓋骨が宅配便で届いて——。高度成長期の昭和を舞台に描かれる、成功と喪失の物語。（新保博久）
に-14-2

二階堂黎人
鬼蟻村マジック
鬼伝説が残る山奥の寒村を襲った凄惨な連続殺人事件。五十八年前に起こった不可解な密室からの犯人消失事件の謎ともども、名探偵・水乃サトルが真相を暴く！（小島正樹）
に-16-2

似鳥　鶏
ダチョウは軽車両に該当します
ダチョウと焼死体がつながる？　——楓ヶ丘動物園の飼育員「桃くん」と変態（？）「服部くん」、アイドル飼育員「七森さん」、そしてツンデレ女王の「鴇先生」たちが解決に乗り出す。
に-19-2

貫井徳郎
夜想
事故で妻子を亡くした雪籐が出会った女性・遙。彼女は、人の心に安らぎを与える能力を持っていた。名作『慟哭』の著者が、「新興宗教」というテーマに再び挑む傑作長篇。（北上次郎）
ぬ-1-3

貫井徳郎
空白の叫び（上中下）
外界へ違和感を抱く少年達の心の叫びは、どこへ向かうのか。殺人を犯した中学生たちの姿を描き、少年犯罪に正面から取り組んだ、驚愕と衝撃のミステリー巨篇。（羽住典子・友清　哲）
ぬ-1-4

乃南アサ
紫蘭の花嫁
謎の男から逃亡を続けるヒロイン、三田村夏季。同じ頃、神奈川県下で連続婦女暴行殺人事件が……。追う者と追われる者の心理が複雑に絡み合う、傑作長篇ミステリー。（谷崎　光）
の-7-1

東野圭吾
ガリレオの苦悩
〝悪魔の手〟と名乗る人物から、警視庁に送りつけられた怪文書。そこには、連続殺人の犯行予告と、湯川学を名指しで挑発する文面が記されていた。ガリレオを標的とする犯人の狙いは？

ひ-13-8

東野圭吾
真夏の方程式
夏休みに海辺の町にやってきた少年と、偶然同じ旅館に泊まることになった湯川。翌日、もう一人の宿泊客の死体が見つかった。これは事故か殺人か。湯川が気づいてしまった真実とは？

ひ-13-10

広川　純
一応の推定
滋賀の膳所駅で新快速に轢かれた老人は、事故死なのか、それとも、孫娘のための覚悟の自殺か？　ベテラン保険調査員が辿り着いた真実とは？　第十三回松本清張賞受賞作。（佳多山大地）
ひ-22-1

広川　純
回廊の陰翳《かげ》
京都市内を流れる琵琶湖疏水に浮かんだ男の死体——。親友の死の謎を追う若き僧侶は、やがて巨大宗派のスキャンダルを知る。松本清張賞作家が贈る新・社会派ミステリー。（福井健太）
ひ-22-2

東川篤哉
もう誘拐なんてしない
たこ焼き屋でバイトをしていた翔太郎は、偶然セーラー服の美少女、絵里香をヤクザ二人組から助け出す。関門海峡を舞台に繰り広げられる笑いあり、殺人ありのミステリー。（大矢博子）
ひ-23-1

藤崎慎吾
鯨の王
原潜艦内で起きた怪死事件から浮かび上がってきた未知の巨大生物の脅威。米海軍、大企業、テロ組織が睨み合う深海に、学者・須藤は新種の鯨を追って潜航を開始するが!?（加藤秀弘）
ふ-28-1

誉田哲也
妖《あやかし》の華
ヤクザに襲われたヒモのヨシキが、妖艶な女性・紅鈴に助けられたのと同じ頃、池袋で、完全に失血した謎の死体が発見された——。人気警察小説の原点となるデビュー作。（杉江松恋）
ほ-15-2

（　）内は解説者。品切の節はご容赦下さい。

吉永南央
オリーブ

突然、書き置きを残して消えた妻。やがて夫は、妻の経歴が偽りで、二人は婚姻届すら提出されていなかった事実を知る。女は何者なのか。優しくて、時に残酷な五つの「大人の嘘」。（藤田香織）

よ-31-2

吉永南央
その日まで
紅雲町珈琲屋こよみ

北関東の紅雲町でコーヒーと和食器の店を営むお草さん。近隣で噂になっている詐欺まがいの不動産取引について調べ始めると、因縁の男の影が……。人気シリーズ第二弾。（瀧井朝世）

よ-31-3

連城三紀彦
黄昏のベルリン

自分は第二次大戦中、ナチスの強制収容所でユダヤ人の父と日本人の母との間に生れた子供なのか？　画家・青木優二は平穏な生活から一転、謀略渦巻くヨーロッパへ旅立つ。（戸川安宣）

れ-1-16

若竹七海
悪いうさぎ

家出した女子高生ミチルを連れ戻す仕事を引き受けたわたしは、ミチルの友人の少女たちが次々に行方不明になっていると知って調査を始める。好評の女探偵・葉村晶シリーズ、待望の長篇。

わ-10-2

文藝春秋　編
東西ミステリーベスト100

ファンによる最大級のアンケートによって決めた国内・国外オールタイム・ベストランキング！　納得のあらすじとうんちくも必読です！　文庫版おまけ・百位以下の百冊もお見逃しなく。

編-4-2

アガサ・クリスティー　他（中村妙子　他訳）
厭な物語

アガサ・クリスティーやパトリシア・ハイスミスの衝撃作からロシア現代文学の鬼才による狂気の短編まで、後味の悪さにこだわって選び抜いた〝厭な小説〟名作短編集。（千街晶之）

ク-17-1

夏目漱石　他
もっと厭な物語

読めば忽ち気持ちは真っ暗。だが、それがいい！　文豪・夏目漱石の掌編からホラーの巨匠クライヴ・バーカーの鬼畜小説まで、後味の悪さにこだわったよりぬきアンソロジー、第二弾。

ク-17-2